ドリーム
キャッチャー

福井孝典 *Fukui Takanori*

作品社

ドリームキャッチャー／目　次

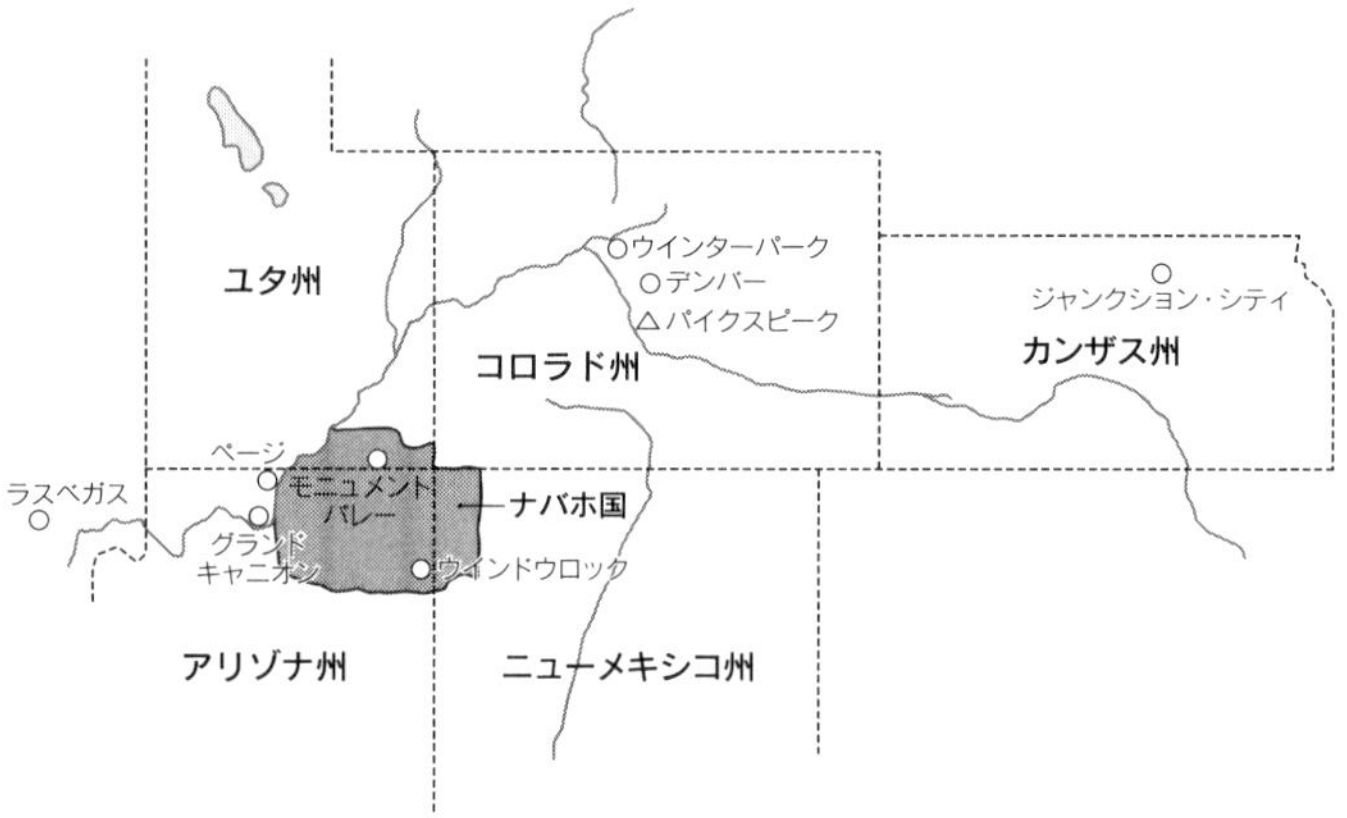
ユタ州
コロラド州
カンザス州
ウインターパーク
デンバー
パイクスピーク
ジャンクション・シティ
ページ
ラスベガス
モニュメントバレー
ナバホ国
グランドキャニオン
ウインドウロック
アリゾナ州
ニューメキシコ州

ドリームキャッチャー

1　ナバホの渓谷

　眠らぬ街ラスベガスの中心を通るブルバードの中間地点にそびえている、頭にＵＦＯが降り立ったような白い尖塔を従えたホテルがストラトスフィア。この街の多くのホテルがそうであるようにフロアーロビーにはカジノが広がっていて、朝七時であってもポーカーテーブルの周りに眼を血走らせた客たちが座っており、その横でスロットマシーンの電飾がきらびやかに光を放っている。それに隣接するバフェの前では朝食を求める客の列ができている。その脇を通って廊下をまっすぐ進むとホテルの北口に出る。ツアーの出発点として指定されていたのはその場所だった。

　植えこまれた椰子の並木を背景に車道が楕円形の車寄せにつながっていて、そこに一台のミニバスが止まっていた。傍に立っていた顎鬚の男が、近づく彼女の姿に気がついて、

「サクラ・モリヒラさんですか？　はい。私、グランドサークル三日間ツアーを担当しますスコットです」とポップコーンがこぼれ落ちるような笑顔で手を差し出した。しっかり握手をしてから、森平咲良のずるずると引っ張ってきた荷物を、ミニバスの後ろに牽引している小さなコンテナー車に運んだ。

咲良が乗車する時、運転席の後ろの席には白人の老夫婦が、五列目の最後尾には褐色の肌をした若い男の二人連れが座っていた。

「グッド・モーニング！」と大きな声を出してから、彼女は空いていた三列目の席に座った。出発時刻の七時十五分すれすれに女一人と男二人が別々にやってきた。「ここに座って構いませんか？」と隣席を指さす緑色のブルゾンを着た女は、咲良と同じ三十代に見えるアジア系の顔つきをしていた。優雅な語調だった。中国語を喋る人の中にこういう発音をする場合があるのを思い出した。その女に続いて、いかにもアメリカ人と判る背の高い男たちが身をかがめながら四列目の席に乗りこんできた。長い脚が窮屈そうに見えた。運転席のスコットが、「私の隣の席も皆さんの席です。どなたかここに座りたい方いらっしゃいますか？」と持ちかけると、咲良の後ろに座ったばかりの男の一人、額が広く眉毛の濃い男が、「僕がそこに行きます」と言って場所を移動した。

「お揃いですので出発いたします」とバスが走り始めた。アメリカのバスツアーの添乗員は、ガイドも運転手も一人で兼ねるので大変だ。

「簡単な資料を配りますので各自一枚ずつお取りください」とA４の紙が回ってきた。

ツアー・リーダーとしてスコットの姓名と携帯の電話番号、旅行日程、オプションの案内の他に、○予期せぬ事態に備えましょう、○安全は自分の責任です、○バスの乗車時刻を守りましょう、○生涯の思い出となる旅にしましょう、の留意事項、それにバー・ドリンクは一ドリンクにつき一ドル、レストランは十五パーセント、ガイドは一行動につき一人五ドル、ツアー・リーダーには一人六十ドル、というチップの想定額も記されていた。

「最初に、このツアーに参加された皆さんがお互いに顔見知りになるために前の方から順番に自己紹介をお願いいたします、簡単で結構ですから」とスコットが言うので、助手席に座っていた男が立ち上がって、

「コロラドから来ましたジョージ・オニールです。西部劇でおなじみの憧れのモニュメント・バレーをぜひ一度この眼で見てみたいと思い、ちょうど機会がありましたので、参加しました。ナイス・トゥ・スィー・ユー」と言って微笑んだ。少ししゃくれた顎に小さな口元が優しげに見えた。続いて、二列目に座っている老年の男女の男の方が立ち上がり、

「私の名前はウィリアム・スミスです。シドニーから来ました。今度の旅行はディズニー・ワールドかラスベガスか、ずいぶん妻と協議したのですが、結局ラスベガスに来る

ことになりました。おかげで、少しですけれど、カジノで儲けました。昨夜はシルク・ド・ソレイユのショーを観まして、びっくり仰天いたしました」と言った。隣の女は、「私はミセス・スミスです。このツアーの一番の楽しみはオプションにある、グランドキャニオンの空からの観光です」と言った。

次は咲良たちの列だと身構えていると、隣の女がすっくと立ち上がって、「シンガポール出身のキャサリン・リーです。皆さんはキャットと呼んでくれています。今度の旅行で触れてみたいのは自然の悠久さです」と言った。

「サクラ・モリヒラです。東京から来ました。ファースト・ネームのサクラは日本語でチェリー・ツリーを意味していて、それは日本を代表する花でもあります。アメリカには研修で来ています」と咲良は説明した。

彼女たちの後ろの席に座っていた、ジョージより短髪で眼が細く眉毛がへの字につり上がっている男が、デニムのハーフパンツから伸びる毛ずねの脚を支えにして立ち上がり、「僕はカンザス出身のエヴァン・ルーカスです。この旅行はすべてジョージの思いつきでジョージのおごりでやっています。僕はそれにただ付き合っているだけです。皆さんに迷惑をかけるつもりはありません。ご安心を」と冗談ともなんともつかない挨拶をした。

最後に最後列の若い男二人が、ブエノスアイレスからやって来た学生であると告げた。

自己紹介をしているうちにバスは、ダウンタウンからストリップ地区にいたる高層ビルが両脇に林立するブルバードを通り過ぎ、それを取り囲むように広がる平坦な灰色の市街地を通過した。スコットは饒舌にラスベガスの歴史やなりわいの現状を説明し、今も多くの人を惹きつける魅力のある街であることを伝えていたが、走っているうちに建物の姿が消え、茶色の荒れ地が広がるばかりの景色に変わってくると、

「さあ、そろそろラスベガスともさようならです。ラスベガスはネバダ州の外れにあって、太平洋標準時と山岳標準時が変化する境界に位置しています。このツアーではラスベガス以外は全部山岳標準時での行動ですので、ここに帰る時まで時計はその時間に合わせていただきたいと希望します。つまり一時間進めていただきたい。いいですか？　現在あと三十秒でちょうど九時十五分になるところです。二十五秒前、十五秒、十秒、三秒、二秒、一秒、はい、九時十五分です」と皆の時計を一致させた。

風景は赤茶けた大地が延々と広がるばかりである。

「『沙漠は素晴らしい。青い空に雲が流れ、涼しい風が吹いている。セージの匂いが香しく、魅惑するトレイルが前進を誘う』これは若くして沙漠で消えたエヴァレット・ルイスの言葉です。彼もこの地に強く惹かれた人間の一人です。何もないと感じられるかもしれませんが、沙漠には人を惹きつける多くの要素がつまっているのです」とスコットのガイ

ドは続く。

「一番多く見られる丈の低いこの草はセージです。ちょっと背が高く、木の幹のように見える灰色の植物はジョシュア・ツリーです。あれは幹ではなく繊維が固まっているのです。この二種類はどこにでも生えています。その他にもそこここで色々な種類の野草が見られます」と沙漠に育つ植物の説明がある。確かに所々に黄色や紫色、朱色、白色の野草が寄りそうように生えている場所がある。

空はよく晴れている。車内はエアコンで快適だが、外は暑いのだろうか寒いのだろうか。今は秋で、暑さや寒さは、日によってずいぶん違う。きっと沙漠の昼は暑く夜は寒いのだろう、と咲良は考える。

ところでエヴァレット・ルイスって誰だろう？　沙漠で消えたというけれど、どういうことなのだろう、とも考える。

インターステートハイウェー十五号をひたすら北上し、東に入ると、岩山が増えてきた。何億年もの間の地殻変動が見てとれる。多くの重なった地層が断裂したり斜めになったり湾曲したりして岩山をなし、含有する成分によって色が異なっている。赤が強い茶色、黒、白、黄、青色まである。山肌は頭のはるか上方にまで伸びていき、マツやアスペン等の樹木の数が増え、山間部のドライブという様相になる。

郵便はがき

料金受取人払郵便

102-8790

麹町支店承認

8043

差出有効期間
平成30年12月
9日まで

切手を貼らずに
お出しください

102

[受取人]
東京都千代田区
飯田橋2－7－4

株式会社 作品社
営業部読者係　行

【書籍ご購入お申し込み欄】

お問い合わせ　作品社営業部
TEL 03(3262)9753／FAX 03(3262)9757

小社へ直接ご注文の場合は、このはがきでお申し込み下さい。宅急便でご自宅までお届けいたします。送料は冊数に関係なく300円（ただしご購入の金額が1500円以上の場合は無料）、手数料は一律230円です。お申し込みから一週間前後で宅配いたします。書籍代金（税込）、送料、手数料は、お届け時にお支払い下さい。

書名	定価	円	冊
書名	定価	円	冊
書名	定価	円	冊
お名前	TEL　（　　）		
ご住所 〒			

フリガナ
お名前

男・女　　　　歳

ご住所
〒

Ｅメール
アドレス

ご職業

ご購入図書名

●本書をお求めになった書店名

●ご購読の新聞・雑誌名

●本書を何でお知りになりましたか。

イ　店頭で

ロ　友人・知人の推薦

ハ　広告をみて（　　　　　　　　）

ニ　書評・紹介記事をみて（　　　　　）

ホ　その他（　　　　　　　　　　）

●本書についてのご感想をお聞かせください。

ご購入ありがとうございました。このカードによる皆様のご意見は、今後の出版の貴重な資料として生かしていきたいと存じます。また、ご記入いただいたご住所、Ｅメールアドレスに、小社の出版物のご案内をさしあげることがあります。上記以外の目的で、お客様の個人情報を使用することはありません。

渓谷に入り、脇に清流の走る谷川が見えてきた。既にザイオン国立公園に入っている。川に沿って通る舗装道をゆっくり移動する。よく完備された保養地という空気が漂う。山小屋風のビジターセンターやロッジ、キャンプ場等の施設も散在する。車の入れる一番奥まで行き、幸い駐車場に空きがあったので、その場所にバスをとめた。近くにテーブルを開き、パンやハム、ソーセージ、チーズ、野菜、ピクルス、調味料等を並べ、ランチを自分たちで作る。

咲良はミニバゲット一本にハム、チーズ、茹でアスパラを挟み、ラップフィルムで巻いた。それを持って二時間十五分のハイキングに出かけるのだ。マップが配られ、集合場所はこの駐車場という案内だけで、あとは各自自由行動。

「あなた、どうする？」と花が咲いたような笑顔でキャサリン・リーが聞いてくるので、

「川に沿ったこの遊歩道をこのまま進もうと思うの」とマップを指さしながら咲良が答えると、

「私、あなたについて行くわ」と彼女は甘えるような顔つきをした。なんとも愛らしい。

崖となっている山肌と山肌の間に太陽光が射しこむ。そのやわらかな煌めきを浴びながらゆっくり進む。

「見て。光の変化で山の景色がすっかり変わるの。まるで山に心があって表情が変わるみ

たい」頭上の風景を眺めながらキャサリンが言う。

水辺のせせらぎとオゾンの香りがすがすがしい。

「あら、あそこにリスがいるわ」と気づいても、岩の上の二匹のリスはまるで警戒することも無く、自分たちの行動をせわしげに続けている。しばらく二人で眺めているうちに後方にいるウサギの姿に気がついた。観察を続けると、口をもぐもぐさせ何かしきりに食べている。それに促されたわけではないが、どちらから言い出すともなく、彼女たちも食事することとなった。

渓流の近くの大きな岩の上に並んで座って、作ったばかりのサンドイッチを食べる。その前にキャサリンがウェット・ティッシュの小さなパックを差し出し、「こういう時のためにたくさん持っているの」と言った。

「ありがとう。助かるわ」手を拭ってから、自分が作ったランチにぱくりとかぶりつく。

「きれいな所ね」とキャサリンが周りを見回しながら言う。「日本にもこういう景色あるんじゃない？」

「そうね。山の感じが違うと思うけれど、渓谷はたくさんあるわ」

「そうでしょう。日本にはきれいな所いっぱいあるもの。私、日本に行ったことあるの。冬の北海道。寒かった！」と身を震わせる真似をする。

「北海道の冬は寒いわ。誰かと一緒に行ったの？」

「一人よ。誰も暖めてくれる人のいない一人旅」

「あら、私と一緒じゃない。私も一人旅なの」

「あなたは家族を持っていないの？」

「夫がいたのだけれど、別れた」

「私も離婚経験があるのよ」

「私達の境遇は似ているようね。私、三十三歳だけれど、あなたの年齢《とし》聞いてもいい？」

と咲良が聞くと、

「三十二歳。一九八五年生まれ」とキャサリンは答えた。

「大体同じね。そうじゃないかと思った」

「でも私、別れてよかったと思っている。幸い、子供もいなかったし」しんみりした口調でキャサリンが言うので、咲良は、

「そうよね」とだけあいづちを打った。心の内側にはそれぞれに葛藤の山積があるはずだったが……。咲良は話題を変えて、

「あなたの英語、とても美しいわ」と誉めると、

「ありがとう。シンガポールの英語になってやしないかと心配だったのだけど」とキャサ

リンは言う。

「あなたは中華系なのでしょう？」

「そう。シンガポールでは一番多い民族ね。それで中国語も喋るけれど、日常はもうほとんど英語を使っているの。家庭でも職場でも。だから中国語の知識の方が少ないくらいよ」

「そうなんだ」

「あなただって日本人にしてはすごく英語がうまいわ。どこで習ったの？」

「学校でだと思う」

「学校って、義務教育と大学？」

「そうそう。自分で教材を使って勉強もしたけれど」

「きっとすごくハードに勉強したに違いないと思うわ」

「そうね」と咲良は肯定した。大学の四年間、部活動のスキーと専攻の英語、一心不乱にこれだけに明け暮れた。それは紛れもない事実だった。「勉強した英語を実際に人生に役立たせたいと考えているの……」

「それでアメリカに来ている？」

「離婚とか色々人生の変転があってそうなっているのだけれど」

「傷心旅行？」

「研修ということで来ているのだけれど、実際はそういうことかも。……あなたもそうなの？」

「私、そんなに傷ついていないから。むしろさっぱりして、とても良かったと考えているくらいだから。傷心旅行というのには当たらないわ」とキャサリンは断言する。

そんなことを話していると、後ろからジョージとエヴァンの二人連れが近づいてきて、「やあ！」と声をかけてきた。ジョージがキャサリンに向かって「君はキャット」、咲良に向かって「君はチェリーだよね」と言って笑顔を作った。

「そう呼んで」とキャサリンは言った。「あなたたち今頃私たちに追いつくなんて、ちょっと遅くない？　何かしていたの」

「コースの情報をしこんでいた。ハイキングコースがいくつかあるからね」

「それでどのコースを選んだの？」

「時間が許す限りこのままどんどん真っ直ぐ進むことにした」

「じゃあ、私たちと同じじゃない！　たくさん情報収集して一番単純なコースを選んだわけね」とキャサリンが驚くと、

「渓谷を進むのは気持ちがいいかなと考えてね」とジョージは少しはにかみを浮かべた。

二人の男の手に頑丈そうな棒が握られているのを見て、キャサリンが、

「それ何？」と聞いた。

「杖」

「どうするの？」

「歩いていて、よろめかないように使う」

「そうでしょうけれど、そんなもの必要なの？」

「情報を仕こんだところで買ってきた」

「年寄りじゃあるまいし、大の男が何よ、こんな道」

「君たちこそ、真っ直ぐ行けるかなあ」

「完全にノー・プロブレムよ。一緒に行きましょう」と言って女性二人も歩き始めた。

しばらく行くと、河原に沿って敷かれていた遊歩道が行き止まりとなり、その先は渓流と河原が延びているだけとなった。

「ハイキングの時間はまだ充分すぎるほどあるが、君たちはここまでかなあ？」とジョージが言った。

「あなたたちはどうするの？」と咲良が聞くと、

「僕たちは予定どおりこのままずっと進む」とジョージは答えた。

「道が無くて大丈夫なの？」

「川の中を歩くようになるけれど大丈夫だと係の人は言っていた。ここはそういうコースなんだよ」

「川の深さはどれくらいなのかしら？」

「念のために杖を持っているのだけれど……」とジョージが言うと、二人はああそれでかと納得し、急に杖がうらやましくなった。

「裸足になるの？」と咲良が聞くと、ジョージは大きく首を振って、

「靴は脱がないよ。裸足の方が危ない。君たちのもズックだから大丈夫だと思うよ」と言った。

「パンツも濡れちゃうかもよ」とキャサリンが咲良の顔を見た。

「いや？」と咲良が聞き返すと、

「あなたが決めて」と言うので、

「行こうか」と決めると、

「行こう、行こう」とキャサリンもくり返した。

「僕たちがエスコートしてあげるよ。エヴァン、君はキャットの面倒をみてくれ。僕はチェリーのお世話をする」とジョージが言った。

「大丈夫よ、私、お世話は無用よ」と咲良が言い返した。

「エヴァン、私はあなたの傍にぴったりついていくから、面倒みてね」とキャサリンは言った。

澄んだ渓流に足を入れるとすぐに冷たい水の感触が身体に伝わってきた。

川床は石がごろごろしていて進むのに充分注意が必要だった。持ってきた杖が大いに役立った。

河原は小さくなり、両側に色の異なった崖を持つ岩山がそびえている。頭上にあった大空もずいぶん狭くなっている。射しこむ光の加減によって岸辺の樹木や断層をなす岩山の色合いが変化し雰囲気が転換する。風景全体の色どりと構成は想像を越える独特なもので、額縁の中の絵画の世界に入りこんだような思いがした。足が水に浸っていることで自然との一体感が増していた。

「山の神の支配する世界ね」と咲良がひとりごちた。

「魚とか獣とか色々棲んでいるのだろうね」とジョージが言う。

「魚とりはできないだろうがね」とエヴァンがつぶやく。

しきりに聞こえていたのどかな鳥の声がある瞬間に不気味なものに感じられたりもする。

水の深さが膝まで来ると、

「鉄砲水でもあったらひとたまりもないわね」と咲良が言った。

「その心配は無いということだった」とジョージが説明する。

「私たちどこまで行くの？」とエヴァンの上着の裾をしっかり握っているキャサリンが皆に聞くと、

「この辺で戻ろうか？」とジョージが皆の顔を見た。

一同回れ右をして、肩に追いかぶさるように自然を感じながら、引き返すことになった。

ミニバスに戻るとキャサリンは早速靴を脱ぎ足をふいた。男たちは濡れた靴のままで何も気にならないようだった。咲良は座席についてからキャサリンと同様に裸足になった。


ザイオンを後にして車はコロラド川を目指す。

ロッキー山脈に端を発するコロラド川はユタ、アリゾナの赤茶けた沙漠を流れる文字通りの『赤い川』となってメキシコに至る。途中にはグランドキャニオンという大峡谷やダムでせき止められて出来たレイクパウエルという大きな人造湖がある。

それらの間に位置し、川の急カーブしているホースシューベント。崖っぷちから遥か数百メートル下をコロラド川が馬蹄形に流れている。多数の観光客がこわごわ下を覗く。いきなりその頭上にけたたましい音を立てながらドローンがぽっかりと浮かんだ。下で二名のアジア人が嬉しそうに操作している。彼らの発した言葉で、「中国人だわ」と判断したキャサリンが、「ドローンなんて飛ばしていいの？」とスコットに聞いた。

「国立公園内での勝手な行為は許されていません」とスコットはことさら大きな声で答えてから、今度はやや声を潜めて、

「ドローンと言えばアメリカでは軍用機を思い浮かべますが、ドローン攻撃の遠隔操縦をやっている場所としてラスベガス近くの空軍基地が有名です」と言った。

「勤務時間中は遠く離れた異国の人々を殺傷し、それが終わるとマイカーで帰宅して戦争とは無縁の日常生活を送るという、あれね」とキャサリンが言うと、「楽をして人を殺せるクールな（いけてる）システムだ」とエヴァンが口をはさんだ。それに対して咲良が、「フール（愚かな）の間違いじゃない？」と反発したので、しばしその場は白けた。

コロラド川が馬蹄形に屈曲する深い谷間を後にし、バスが上流に向かって進むと、その川をせき止める巨大なダムが眼前に現れてきた。

グレンキャニオン・ダム。脇にあるビジターセンターで停車し、コンクリートで固められたダムの上を歩いて渡る。上流にはレイクパウエルの優美な姿が長々と延びている。グランドキャニオンより美しいと言われていたグレンキャニオンを消滅させて出来た人造湖。

多数の複雑な入り江のある赤茶けた湖岸線を持つ、沙漠に広がる静かな湖、ボート、魚釣り、ダイビングなどのリゾート地になっている。

「グランドキャニオンより下流、ラスベガス郊外にあるレイクミードはフーバーダムをせき止めて作った合衆国最大の人造湖ですが、その湖底にコロラド川の運ぶ膨大な赤い土砂がそのまま沈殿しないようにするために作られたのがこのグレンキャニオン・ダムでありレイクパウエルです。水力発電による電力供給も目的の一つであり、このダム建設に携わった多くのナバホ族の人々はその享受を期待しました。しかしダム建設後、隣接するナバホ族の居留地には電力が供給されないことが判り、結局ナバホの人々はこの近くに石炭による火力発電所を建てる結果となりました。その発電所が、これから行くアンテロープキャニオンのすぐ近くにあります。アンテロープもナバホ・リザベーション（居留地）内にあります」とスコットが運転席から説明した。

広がる沙漠にぽつんと、三本の煙突を立てた工場のような大きい建物が見える。それがナバホ発電所。その近くにアンテロープキャニオンがあった。

ナバホのガイドがつく。小太りした若い女性で、黒髪、黒い瞳、褐色の肌はモンゴロイドの特徴を表している。静かな語り口で、物腰は柔らかい。

「ここはナバホの言葉でハスデトワジ（螺旋の岩石アーチ）と呼ばれているスロットキャニ

オン（溝渓谷）です」と笑顔で言われても、渓谷どころか沙漠に連なる岩石の平坦な堆積しか見当たらない。ついてきてください、と言われ一同並んで歩いて行くと、岩の間に割れ目のような隙間があり、そこから中に入っていく。幸い鉄製の頑丈な階段が設置されており、それを使ってどんどん下へ降りる。

降り立った所にはこれまで見たことのないような風景があった。長期間にわたる鉄砲水によってえぐられた岩肌は、その流れを示すかのように曲線状にカーブしている。幾条もの線が刻まれ、鋭角的なでっぱりと様々な角度で交錯し、まるで何枚ものカーテンが絡み合っているかのような構図だった。渓谷の底に続く小道を歩いて行くと、岩質の違いと上から射しこむ光線の違いによって多様な色彩を持った岩肌の情景が次々と現れる。

「昔の人々はこれら一つ一つの形象に名前をつけ、時にはそのエピソードを言い伝えました。例えばこれは風に長い髪をなびかせている少女の横顔です。上から太陽の光が束になって注いでいます。その束をよく見ると砂粒が宝石のように舞っています。自然の創り上げた絵画に様々な色が混じりあっています……」と説明するガイドの声も落ち着いて優しく、この狭い小道がとてつもなく豊潤な芸術世界であるように感じる。

「ネイティブアメリカンには、『昼と夜、季節、星や月や太陽、その移ろいを見れば、人よりも偉大な何かの存在を思わずにはいられない』という言葉があります。私たちは今、

その大いなるものがなした造形を内側から見ているところです」とガイドが言うと、

「悠久ね！」とキャサリンが合いの手を入れた。

シャッターチャンスが連続し、ツアー参加者は写真撮影に追われていとまがない。スマホを縦にしたり横にしたり、色合いを調節したり、自らを小さく屈めたりして撮影しているジョージに向かって、

「たくさん撮ったところでどれも同じような写真になるんじゃないか」とエヴァンが冷やかすように言った。

「ここが撮影地点だってガイドが逐一教えてくれているものでね」とジョージが言うと、

「どれも同じ、岩穴の写真だ」とエヴァンが答え、周りにいる者たちの興をそいだ。

多少の上り下りはあっても比較的平坦な渓谷底の小道を、四百メートルぐらい歩いた。終点には入る時と同じような鉄製の階段があり、そこを登ってやはり外からはそれと判らない小さな割れ目から地上に出た。

「これで今日の分の観光はすべて終了です。これからいったんナバホ居留地を出まして、ペイジへと向かいます。今夜の宿泊地となりますペイジはグレンキャニオン・ダムを建設する際に作られた新しい街です。宿泊するのはクォリティーインです。そのホテルの前を通っておりますレイクパウエル・ブルバード沿いにはたくさんのレストランがあります。

通過しながら簡単に紹介いたしますので、お好みにあった所を選んで後ほど各自で行ってください」とスコットは言い、通りにある店の概要を案内した。

　下車前に発表された部屋割りでは咲良はキャサリンと同室になっていた。ツアーの約款で、個人参加の場合は誰かもう一人とツインの相部屋になるとされていたので、このメンバー構成では当然そうなるだろうと考えていた通りだった。キャサリンも同様だったらしく、二人は昔からの友達だったような雰囲気で同じ部屋に荷物を運んだ。

　早速食事をとることにする。どこにする？　あまり遠くまで行きたくないわよね。近くに何軒かステーキハウスがあったわ。ステーキにする？　そうしましょうか、などと言いながら、二人はクォリティーインの敷地からブルバードに出た。すぐ隣のホテルにステーキハウスが併設されていたので、ここにしようか、と中を覗くと店内はがらがら、客の姿は一人も見えない。やっていないのじゃないかしら、と判断し、道路の反対側奥に「カウボーイ・ステーキ」という電飾の看板が見える店に向かう。

　店の名前は「ケンズ・オールドウエスト」とあったが、頑丈な木製ドアで中は見えない。ドアを押して店内に入ると、受付らしいスタンドはあったが、店員の姿はなかった。いくつかテーブルがあったが、そこについている客はいない。しかし奥の方から音楽が聞こえてくる。入っちゃおうか、と互いに目配せして奥へ進むと、ホールのような空間があってそこに設えられた舞台でエレキギターを弾きながら鹿革服の男が一人で歌をうたっていた。遠巻きに並んだテーブルで客がいるのは二つだけで、そこにも店員の姿はなかった。好きな所に座っていいんじゃない、と考えて一番前のテーブル席についた。しばらくすると白いジャケットに黒い蝶ネクタイをしめた年配の男がすまし顔でメニューを運び飲み物を聞いてきた。咲良はジンフィーズ、キャサリンはマルガリータを注文した。メニューを見ながら、

「表にカウボーイ・ステーキって出ていたけれど、それはどこにあるの?」と咲良が聞くと、男はステーキの所を指さし、

「当店ではここにあるステーキ全部をカウボーイ・ステーキというコンセプトで考えております」と胸を張った。

「そういうことか。じゃ私サーロインステーキにする」と咲良が決め、キャサリンは少し考えてから、

「私はベビー・バック・リブにするわ」と言った。

「パーフェクト」と言ってウエイターが下がるのとほぼ同時に、ジョージとエヴァンが入ってきた。

「やあ、チェリー、キャット、今晩は。ここに座っていいかい?」とジョージが彼女たち

のテーブルを指さした。シュアーと答えると二人は座り、ジョージが指を鳴らしてウエイターを呼んだ。メニューを眺めながら、表にカウボーイ・ステーキとあったがそれはどこにある、と聞いた。当店ではここにあるステーキ全部を……、とウエイターが説明すると、「それじゃあ俺はTボーンステーキ」とジョージが注文し、エヴァンも、同じものをと同調した。しかし飲み物は、ジョージがクワーズライトビアーと断言し、エヴァンは迷わずワイルドターキーを選んだ。

飲み物が運ばれ、四人はそれぞれ全く違った種類の酒が入ったグラスを合わせ、乾杯をした。

「エヴァン、今日は川のハイキング、エスコートありがとう」とキャサリンが言うと、「なんでもない」とだけ答えて、エヴァンの眼は舞台の方に向いている。それまで歌っていた鹿革服の男は、続けてギターソロで曲を弾き始めていた。それまでの明るい感じの旋律と打って変わって、冷たい旋風が走るようなブルース調の音楽だった。

「いいね。低音を利かしたフレーズ、ヘビーなスライドとビブラートがたまらない」とジョージが演奏に注目した。「西部の風景にあっているな」と荒れた大地を思い浮かべるように頭を振った。

「男の心の表現だ」とエヴァンはバーボンを飲む。

ブルースのギターソロが終わると、舞台の男は再び歌を歌い始めた。

「ここはホンキートンクになっているのだろうね」とジョージが言うので、咲良は、

「ホンキートンクって何?」と尋ねた。

「カントリーミュージックを演奏するバーで、ダンスの出来るフロアーがある」

とジョージが言った。

「え?　ダンスなんてするの?」とキャサリンが言うと、

「アメリカ人はダンスが大好きさ」とジョージが答えて「君たちはジョン・フォードの映画を観たことある?」と聞いた。

「誰それ?　私知らないわ」とキャサリンは答え、

「映画監督でしょう。ジョン・ウエインの映画の」と咲良が言った。「『黄色いリボン』はDVDで観たわ」

「それに『荒野の決闘』『アパッチ砦』『捜索者』……、僕は彼の作品はほとんど全部観ている」

「きっと面白いんでしょうね」とキャサリンが興味を持つと、

「西部劇の神様さ」とジョージが主張した。「彼の作品にはダンスのシーンがよく出てくる。騎兵隊の砦や町の広場でのダンスパーティーだ。荒くれ男たちがめかしこんで、とても楽

しそうに踊っている。彼の映画にはたくさんのアメリカの音楽が出てくる。『幌馬車』なんかは一種のミュージカルだね。カントリーミュージックは後の時代に出てきたもので、使われているのはそれよりもっと前の時期の音楽だ。騎兵隊シリーズでは、僕の好きな『アイ・レフト・マイ・ラブ』なんかがテーマソングになっている」

「Heigh-O!　bababa　ヘイ！　オー！　なんとか

We'll ride clean down to Hell! And! Back!　地獄に行って、それから戻る

For Ulysses Simpson Grant!　ユリシーズ・シンプソン・グラント！」とエヴァンが曲の一節を歌って「北軍の司令官グラントのためにってことだけど、君の家のルーツは北軍側？」と聞いた。

「いや、ジョン・フォード映画のもう一つのテーマソングは『ディキシー』だよ」とジョージが付け加えると、

「Look away! Look away!

Look away! Dixie Land.　遥か遥か懐かしいディキシーランド」とエヴァンがまた一節を歌った。

「これは南軍の歌だ。彼の映画ではもう南軍も北軍も関係なくなっている。全部騎兵隊の精神性に純化されている」とジョージが言うと、

「北軍、南軍って今でも何か重要なことなの？」と咲良が怪訝な顔をした。

「百五十年以上前の話だから現在とは関係ないさ。だけど西部劇というのは時代劇だから、アメリカのその時代の歴史的背景を知らないとよく理解できない。逆に西部劇を通じてアメリカの歴史をより一層理解する可能性もあるし……」

ジョージの話に熱が入ってきた時、四人の食事が運ばれてきた。

どれもがカウボーイ・ステーキにちがいないのだろうが、それぞれ形はずいぶん違っていた。特にキャサリンの頼んだベビー・バック・リブはビーフでさえなく、十三本の肋骨がそのままついたポークの胸の部分で、それにソースをつけて直に焼いたものだった。キャサリンは指でそれを引き裂きながらかぶりついている。テキーラをベースにした白いマルガリータとはよく合っているように見える。

「お前の西部劇好きはよく判っているよ。それだから、俺もこうやって特別な旅行に付き合うことができたのだからね」とエヴァンが言うと、

「いつもの日常生活とはすっかり違った時間を過ごした方がいいと考えてお前を誘った。どうだい？　ラスベガスとアリゾナの旅は」とジョージ。

「実は沙漠は好きじゃないんだ」

「モニュメント・バレーとグランドキャニオンはアメリカ人なら少なくとも一度は見てお

くべきものだと思う。……ジョン・フォードの映画を好きなのは、そこからたくさんのことを学べたからだよ。男らしさ、女らしさ、人としてあるべき振る舞い、人と人との関係、正義、そういったものを彼の映画から学んだ。実際俺も軍隊生活を経験しているが、そんなものは自分が成長する役には立たなかった。本当にアメリカの求める人間像は彼の映画の中にあると思っている」

「それは片手落ちだな。ジョン・フォードの描くその素晴らしい騎兵隊に見事に殲滅され続けた先住民がまるで眼中に無いじゃないか。オナイダ族の言い伝えに『夢の記憶にだけ残っている栄誉を持ち続けよう』というものがある」とエヴァンが反論すると、

「白人たちが入植する前の原住民たちの生活は、彼らにとって栄誉に満ちた世界であったという風に夢の記憶に残っているのね」と咲良が言った。

「しかしインディアンの栄誉は夢の記憶に残されている以外、アメリカ人の心からすべて消し尽くされてしまった。アメリカ西部劇が積み上げてきた罪だ」とエヴァンがつけたすと、

「そうかな。そういう風に西部劇を見るかな」とジョージは言い、「チェリーはどう思う？」と咲良に聞いた。

「私、『インディアンについて知ろうとすることは、自分の心の中を旅することである』と

いうネイティブアメリカンの言葉がずっと気になっているの」と咲良が答えると、

「日本人とインディアンとは同じ血が流れているかもしれないからね」とエヴァンはうなずき、「それで、ジョージ、君はモニュメント・バレーこそはジョン・フォード映画の聖地だというわけだろう？」と再びジョージに言った。

「そうだとも！」とジョージの眼が輝く。

「つまり一映画ファンのおそるべき妄想に導かれて俺はこの旅をしているというわけだな」

「金を払ってもらっている人間は黙ってついてきていればいいんだ」

「まあ、それでいいけれどな」

「変な会話を聞かせてしまって悪いね」とジョージが女たちに言った。「金の話をしたのは、エヴァンが自己紹介でその話を持ち出したからで、決して僕の方から恩着せがましく言っているのではない。それを理解してもらわないと、僕が嫌な男のように思われてしまうかもしれないんでね。エヴァンはカンザスの外へ出ようとしない正真正銘のカントリー・ボーイだから、敢えてこの旅行を誘ったんだ」

「カンザスの外へ出たことはある」

「軍隊でだろう？　それは別だよ」

「チェッ」とエヴァンは舌打ちをしてから「俺たちのことはもういいから、彼女たちのことを聞こう。キャット、君はシンガポール出身らしいけれど、アメリカへは旅行で来ているの？」

「シンガポールにあるアメリカの会社でずっと働いていたの。去年ロサンゼルス支社に異動になったので、今はそこにいるわ」とキャサリンは答えた。

「チェリー、アメリカに研修ビザで来ているということだけど、その期間はどれくらいなの？」とジョージが聞くと、

「許されているのは十八ヶ月」と咲良は答えた。

「ワーキングビザならもっと長くいられるし、グリーンカードなら永遠にアメリカにいられるよ」とジョージが微笑みながら言った。

翌日は朝から真っ直ぐモニュメント・バレーへ向かった。

すべてナバホ・リザベーション内での行程だった。居留地の範囲はアリゾナ州の四分の一の大きさを占めているという。より一層何も無い沙漠の地だった。見渡すかぎり赤茶けた大地の広がる風景の中を何も妨害するものなく車は高速で疾走する。

「この車が走っているような舗装道は居留地内では全く数が限られていて、大抵は道とは言えない道、ダートロードです。土埃をまきあげて四駆を走らせます。電気も水道も無く携帯電話も通じない場合も多いのです。住居として昔ながらのホーガンを使っている場合

もあります。ホーガンというのは皆さんには簡単にはそれと認識されないような、てっぺんに煙突を立てた泥作りの小さな家がそれです。男造り、女造りと種類はありますが、語り伝えられた神話に基づいた造り方で出来ています。あっ、あのトレーラーハウスと車がある所、あの近くにある小さな丸い山型のもの、あれがホーガンです」とスコットが指摘する。「米墨戦争で勝利して領土を拡大し、ナバホ族を支配下におさめることになったアメリカが行った事件に『ナバホのロング・ウォーク』があります。リンカーン大統領の頃です。ナバホの住んでいる所に金鉱があるとの噂が立ちまして、ナバホ族を強制退去させたのです。炎天下二十日間の死の移動の後に敵対するアパッチ族と一緒の強制収容所に入れた民族浄化政策です。結局金鉱は無いと判り、二年後、ナバホは大被害をこうむった後に元の場所に戻りましたが、今度は居留地内でのウラン鉱の採掘が始まります。原子爆弾の材料を確保するこの作業にナバホ族は大量に動員され、深刻な放射線被曝を受けることになります」

　ナバホ族が放射線被曝の被害にあっていたというスコットの説明は、咲良に強い印象を与えた。広島・長崎と原子爆弾による被害を経験した日本が福島の原子力発電所の爆発を体験したのは、彼女が二十六歳の時だった。三度にわたる放射線被曝の恐ろしさは原体験となって現在多くの日本人の心にしみこんでいる。同じ恐怖を共有する同じモンゴロイドの遺伝子を持つ民族に親近感を感じるのは自然だったかもしれない。

沙漠のハイウェー百六十号を走っていたバスは、ケイエンタというこざっぱりとした町にたどり着き、そこから百六十三号線へと入る。茶色く広がる平地の先に遠く岩山が見え、それが目指すモニュメント・バレーであると知れる。近づくにつれ、岩はメサ（周囲を急な崖に囲まれた頂部が水平な卓状の丘）やビュート（メサの小規模なもの）の群れであることが判る。西部劇でおなじみのそそり立つ巨岩ミトンビュートやメリックビュートが眼前に近づく。

「さあ、ビジターセンターに着きました。ここからはナバホの人たちによるバレーツアーとなります」とスコットが案内した。

ナバホのドライバーガイドは男性だったが、アンテロープキャニオンの女性に似て小太りで静かに語る物腰の柔い若者だった。八人はバンに乗り換え、ビュート群に向かって舗装されていない砂道を降りていった。

「ナバホは自分たちのことをディネエと呼びます。自分たちの言葉があり、創世神話も口承されてきているのですが、文字が無いので、次第に普及範囲が狭まっているのが現状です。

ここはただ岩と砂だけの風景のようですが、雨が降ればたくさんの植物が生え、羊や牛などを飼育することも出来、いろいろな小動物も生息する豊穣な土地だと思っております。母なる大地、父なる天空、神なる太陽、そして神の息吹である風を、自分自身もその一部であるこの自然の中で、鮮やかに感じられる場所なのです」

確かに頭上の大空はこれ以上ない純粋な青、そこに浮かぶ綿雲は細部までくっきりと描かれた白で、大地に広がる巨岩のモニュメントは神の意匠を感じさせる様々な形象と陰影を持って屹立している。足元には強い日射しに耐えて生えるセージの群れがある。胸に吸い込まれる風は紛れもなく大地を覆う大気であって、これこそが生命の源泉であるかのようだ。乾いた空気は湿った雑念を自然に消失させる。

「『空のおだやかな寛容さに身をゆだねてごらん。もはや時も空間もない、あなたは青空とひとつになる』、これはネイティブアメリカンがよく口にする言葉です。われわれの祈りは自然との会話です」とガイドが言う。

バンがジョン・フォード・ポイントと呼ばれる場所で停まると、

「ここ、ここ。映画で何度も出てきた風景だ。あのビュートたちの下を駅馬車と騎兵隊が通過していく長いシーン、見渡す限りの大荒野をロングショットで俯瞰する『駅馬車』の白黒映像には、大西部の詩情が画面いっぱいにあふれていた」とジョージが声を上げた。

『黄色いリボン』や『捜索者』ではカラー映像のモニュメント・バレーを馬で移動するジョ

ン・ウエインの姿がたくさん出てきた。この赤い山もけっこう印象的だ」と左側に展開する大きなメサを指さした。

「一番大きいミッチェルメサです。端に三つの岩の塔が立っていますが、これはスリーシスターズと呼ばれています。『捜索者』でもこのメサは効果的に使われています」とガイドが説明する。

「さっき見たトーテムポールという名の岩もそうだったけど、あんな風に高い塔みたいに岩が残るなんて不思議ね」と咲良が言うと、

「過去五千万年もの間の風と雨との浸食で削り取られてきたと言われています。グランドキャニオンもやがてはこういう姿になるという説もあります」とガイドが説明した。

「ジョン・ウエインの映画は私らの少年時代はそれこそ年中上映されていたけれど、君のように若い世代でも見るのかね」とミスター・スミスが不思議そうな顔つきでジョージに聞いた。

「ジョン・ウエインは今でもアメリカの英雄です」とジョージが胸を張ると、

「俺はそうは思わない」とエヴァンがぽつりと呟いた。

「いずれにせよ、ナバホの僻地を世界的に有名にしたのは、ジョン・フォード監督の功績だったわけだな」とミスター・スミスは言って頷いた。

2　ラスベガス

ツアーの終点は出発したのと同じストラトスフィアホテルと決まっていた。到着予定時刻は六時となっていて、その日それから別のホテルへ移動するのは億劫だったので、キャサリンは出発前日と同じく到着日もストラトスフィアの一室を予約してあった。他のメンバーはどうしているか聞いてみると、ジョージとエヴァンはやはりストラトスフィアに宿泊予定で、咲良はイーストにあるホテルに泊まるつもりだと言う。

「私の部屋に一緒に泊まらない？　ベッドはキングサイズだから二人で充分使えるし、部屋もかなり大きいの。ツアーが終わってからイースト方面まで出かけるのは面倒だわ。一緒にラスベガスの夜を楽しみましょうよ」とキャサリンは熱心に誘って、ツアー中と同様に二人で一部屋を共有することが決まっていた。

ホテル北口前で自分の荷物を受け取りながらスコットにお礼を言ってチップを渡し、スミス夫妻にグッバイを言ってから、キャサリンはエヴァンに、

「あなたたちもこのホテルよね。今夜一緒に楽しまない？」と誘ってみた。「チェリーも私と同じ部屋に泊まるの」

「一緒に食事しようか」とジョージが答えると、

「ラスベガスの夜はショーじゃないか？」とエヴァンが言った。

「とにかく一緒に行動するということでいいわね。荷物を部屋に置いてからまた集合しましょう」とキャサリンが言った。

三十分後の七時にフロント前に集まることになった。

キャサリンと咲良がやって来ると、ジョージは皆を引き連れてコンシェルジュの所に行った。

「今夜これから、安くて面白いディナーショーをやる所ありませんか？」と聞くと、

「安くて面白い……、ディナーショー。ああ、ちょうどいいのがありますわ。『トーナメント・オブ・キングズ』税別・食事付きで六十ドルです」とコンシェルジュが紹介した。

「トーナメント・オブ・キングズ？　何ですか、それは」とジョージが聞くと、

「馬に乗った騎士たちが馬場で試合をするのです」との答え。皆がぽかんとした顔を並べ

ている と、

「八時半からの開始ですから、今から会場のエクスカリバーホテルへは充分間に合います
よ。デュースで行っても間に合います」と付け足した。

「チケットは買えますかね」とジョージが聞くと、

「現地で大丈夫です」と自信ありげに微笑んだ。

デュースというのは、ダウンタウンから空港近くまでラスベガス・ブルバードを往復し
ている二階建てバスのことで、有名なホテルの前ではことごとく停まるので街を見て回る
のには便利な交通機関だった。

二階の座席に座った四人は窓外に広がるアトラクションのような夜景に包まれた。立ち
並ぶホテルの建物はそれぞれに形や照明に意匠をこらして、毒々しいほどに人を誘ってい
る。

「わあ、人がいっぱい！」と昼以上に溢れ出ている人並みを眺めてキャサリンが言った。

「物売りでいっぱいだ」とエヴァンが言った。

歩道の随所に何かを誘ったり売ったり恵みを乞うたりする者たちがいる。歌をうたった
り楽器を演奏したりする者たちもいる。街全体が8ビートのリズムで脈動している。

「あの人たちほとんど裸だわ！」ビキニの小さな上下だけを付けて褐色の肌をさらしてい

る数名の女性グループを見つけて、キャサリンが言った。「何しているのかしら？」

「何か宣伝しているんじゃないか」とエヴァンが答え、「キャット、気になるのかい？」と付け足した。

「涼し過ぎるんじゃないかと思って」とキャサリンがつぶやいた。秋も随分深まってきており、水着で夜をすごすのは当を得たものではなかった。

「熱い衝動が身体からこみあげてきているんじゃないか？　君にはそういうことはないのかい？」

「場合によってはね」とキャサリンは自分の身体に自信が無いわけではなかった。

ヴェニスを模したゴンドラ、赤い溶岩が流れ出る火山噴火、ホテル前の大きな湖でくり広げられる噴水ショー、世界で最も高くそびえる観覧車、エッフェル塔、ニューヨークの摩天楼と自由の女神……、誰もの眼をひく巨大なアトラクションが夜空に輝きながら次々と現れる。エクスカリバーホテルはルクソールのピラミッドの前にある、おとぎの国の城のような門構えを持つ建物だった。

チケット売り場へ行くと席はたくさん残っているようだった。

「お客様には騎士の所属する国別に座っていただいて、そこから騎士の活躍を応援していただくことになります。客席はこのようなゾーンで国別に分かれています。どの国の席を選びますか?」と聞かれた。

座席表を見ると、フランス、アイルランド、ロシア、オーストリア、ノルウェー、スペイン、ハンガリー、ドラゴンと分かれていた。

「日本は無いの?」とジョージが咲良を気づかって聞くと、

「中世のアーサー王のもとに集まった騎士たちですので、そこに日本は登場しません」という答えがあった。シンガポールは完全にあり得ないなとキャサリンは考えた。

「ドラゴンというのは?」とエヴァンが聞いた。

「アーサー王とそこに集まった王子たちに対して戦いを挑むヒール役です」

「あっ、それがいい。俺はそれにするよ!」とエヴァンが即座に言った。

「おい、おい、悪役だぜ。俺はそんなのは嫌だよ」とジョージが反対した。

「君たちは好きな国を選べばいい。俺は絶対ドラゴンだ」

「別々に座るのか?」

「何か不都合があるか?」と言い返されると、ジョージは頭を振って、

「俺はアイルランドにする。女性たちはどうする?」と言った。

「私もアイルランドにするわ」と咲良が答えた。

「キャット、君は?」とジョージが聞くので、キャサリンは、

「チェリーと同じにする」と答えた。

会場は楕円形の大きな馬場で、その周りをぐるりとテーブルカウンターのついた約千席の客席が取り巻いている。アイルランド席は城のバルコニーがある入場門に近い所にあり、ドラゴン席は向かい側の正面近くに位置していた。そこを選んだ観客はやはりそれにふさわしい人々らしく、ショーが始まる前から他のどこにも増して大きな声を出し、すっかりヒール役になって気勢を上げている。エヴァンの姿もその中に見えた。

城壁に設置されている大砲が轟音とともに火柱を上げて、ショーは始まった。同時に客席では食事が配り始められる。チキンの丸焼きに茹でたポテトとブロッコリー、それにパンとトマトスープ。ナイフやフォーク、スプーンの類は一切無く、手づかみで飲食する仕方になっていた。

鎧に身を包んだ馬上の騎士たちが格好良くて、

「わあ、みんなハンサムな人ばかりだわ！」とキャサリンは眼を輝かせた。ジョージはその反応がまんざらでも無いようで、

「特にアイルランドが格好いいじゃないか！」と言って笑った。

猛スピードで演じられる騎馬戦がショーの内容で、それに悪の軍団ドラゴンが宣戦布告し、剣と剣がぶつかり合う音や大砲の発射音が響き、アクションずくめのアメリカ映画を

見るようだった。

アイルランド席に座っている三人は当然のようにアイルランドを応援し、ハレイ！　とかグッジョブ！　とか大声を出しながら親指を立てた。アイルランドの騎士が負けて落馬させられると相手に対して親指を下げて、ブー！　と叫んだ。

ドラゴン軍団もなかなか強く、時には火炎放射器を使ったりして正義の騎士たちを苦しめる。

踊り子で出演していた中世の服を着た女たちが客席に上ってきてそれぞれの国のチアリーダーになる。「あの人の服、いいわねえ。白雪姫みたい」と早速キャサリンが反応した。

「面白いなあ！」と出された物を短い時間に全部食べてしまったジョージは続いて出てきたアップルパイに手をつけるが、咲良とキャサリンは食事の量が多すぎてそう簡単には片付かない。

咲良とキャサリンの食事が終わらないうちにショーは終了した。

出口付近でエヴァンと合流すると、

「ドラゴンで楽しんだか？」とジョージが聞いた。

「まあな」とエヴァンは答えた。

「普通一緒に座るよな」

「お前がアイルランドを選ぶのは判っていたからな」

「俺の祖先がそれだからか。でもお前がドラゴンを選んだのは俺たちがアイルランドを決める前だったじゃないか」

「それにお前の尊敬するジョン・フォード大先生もアイルランド系だろう？」

「ああ、そうだ」とジョージは答えてから「まあ、いいさ。ドラゴンを好きならそれでいい」とエヴァンの肩を叩いた。

「今夜はまだまだ飲み足りなくないか？」とエヴァンが言うと、

「当然！」とジョージは胸を叩いてから、「アイリッシュパブは嫌かもしれないから、今夜はラムにしよう。レディの皆様、これからナイトクラブにでも行きますか？」と誘った。

「ナイトクラブ！」とキャサリンは大きな声を出した。「行く、行く！　この近くにあるの？」

「近くに有名な所がある。入るのに並ぶかもしれないけれど」とジョージは時計を見ながら言った。

ルクソールのピラミッドを通り過ぎた所に高くそびえるホテルに目的の店はあった。エクスカリバーの二軒隣なのだが、歩くとかなり距離がある。

「十時まではブラジル料理のレストランなのだけれど、それ以降は自動的にナイトクラブになる」とジョージは説明した。

「あなたは色々なことを知っているのねえ」と咲良が感心すると、

「スマートフォンで調べれば何でも判るのさ」と種明かしをした。

ホテルのエントランスを入った一階にその『ラムジャングル』はあったが、店の前には列をつくって待っている大勢の人々の姿があった。

入り口でチェックしている黒服の男に、ジョージが「四名」と言うと、男は値踏みをするように四人を眺めて、

「列の後ろについてください」と告げた。

「どれくらい待つのかしら」とキャサリンが髪をかきあげながら身体をくねらすと、男は二人の女に眼をやった。

「テーブル席をお願いしたいんですけれど」とすかさずジョージが言い、咲良が飛び切りの笑顔で微笑んだ。咲良の顔をしばらくうっとり見ていた黒服の男は、「テーブルチャージは別ですよ」と言った。

「判っています」とジョージが言って、四人は中に入ることができた。

足を踏み入れた途端、人いきれと大音響が押し寄せてきた。

まず眼につくのは巨大な酒棚。高さ五メートル以上、幅十数メートルの棚に色とりどり

の瓶酒がびっしり収まっている。近くに吊り下げられた鳥かごのようなお立ち台で半裸の女が照明を浴びながら踊っている。奥にあるステージではドラムやパーカッション等のバンドが賑やかに生演奏をしている。店内のあちらこちらに装飾として中で火炎が燃え上がっている大きなガラスの筒が置かれていた。

案内されたテーブルに腰を降ろすと、ウエイターがドリンクメニューを持ってきた。ジョージが酒棚を指さして、

「あそこにあるのはラム酒？」と聞いた。

「よくご存じで。世界最大のラムセラーです。ざっと二百種類は越えるラム酒を用意してございます。飲み物はラム酒になさいますか？」

「カーニャはある？」

「ニカラグアのフロール・デ・カーニャでございますね。勿論ですとも！」

「じゃ、それをボトルで」とジョージは注文した。

「いい酒なのかい？」とエヴァンが聞くと、

「いい酒だよ」とジョージが請け合った。

茶色いラム酒の入った未開封の四角い瓶とブランデーグラスが届くと、

「私、ロックがいい」とキャサリンが言って、アイスペールに入った氷とロックグラスが

追加された。

甘い香りのおいしい酒だとキャサリンは思った。しかしストレートやロックで飲み続けているとひどいことになるかもしれないとも思った。

それにしてもジョージの羽振りの良いこと。エヴァンの分は全部彼が持っているようだが、ひょっとすると彼女たちの分まで支払ってくれるかもしれない。だけど金持ち風のおごりなぞ少しも感じさせず、優しい眼差しを保っている。一体どういう人なのだろうと考え、

「ジョージ、あなたは何をしている人なの？」とキャサリンは聞いた。

「コロラドのスキー場でスキースクールを開いている」とジョージは静かに答えた。

「えっ、あなたスキーをするの？」と咲良が興味を示した。

「ＵＳＳＡ（米国スキー・スノーボード協会）のスキーコーチの資格を持っている」

「そうなんだ」と憧憬の目つきをしている咲良を見て、

「でもスキースクールってそんなに儲かるものなの？」とキャサリンは聞いた。

「儲かりはしないさ。僕もそれほどお金を持っているわけではない」とジョージは言った。

「コロラドってロッキー山脈国立公園があるわよね。その辺？」と咲良が聞くと、

「ああ、その近くだ」と頷いた。

「デンバーからは遠いの？」

「いや、近くだよ。ウインターパークという所でやっている」

「私、スキーが得意なの」

「じゃ、雪が降ったら来るといい」とラム酒を飲みながらジョージは言って、スキーレッスンセンターを宣伝するカードを渡した。

四人の身体にはアルコールが急速にまわってきていた。

キャサリンの気分はハイのままだったが、流れる音楽があまりにうるさいせいか、お互いの話がよく聞き取れない状態になっていた。それぞれ喋りたいことを喋り、相手の話に対してはふんふんと頷いているだけとなった。

気がつくと彼女の知らぬうちにジョージと咲良は踊り場に出て一緒に踊っている。二人ともサマになっていた。

キャサリンは咲良を格好いいと思った。背が高く体つきもしっかりしている方だったが、均整がよくとれていてスタイルは申し分なかった。東洋人だからか顔つきは暑苦しくなくむしろ涼しげな印象を持たせる。少女のような清楚ささえ感じさせる。平常は控えめで静かに話を聞いているタイプのようだったが、いざとなると効果的に自己表現をする。このラムジャングルに入る時のチェリーの笑顔は最高だった。自分はポーズをとってアピールしてみたけれど、彼女の笑顔はバズーカだった。あの一発で黒服を撃破した。素敵な人と友達になれたと考え、思わず隣のエヴァンに、

「チェリーって素敵ね」と言った。

「え？」と耳に手をやるエヴァンに、

「チェリー、いい女じゃない？」とやや大きな声で言った。

「そうだね」とだけ答えて黙っているのが不満で、

「彼女を好きにならない？」とさらに突っこんだ。

「俺は日本の女は嫌いさ」

「あら、そうなの。彼女なら誰もが好きになると思った。どうしてなの？」と聞くと、エヴァンはむにゃむにゃと何か言った。

「よく聞こえないわ。もう一度言って」と聞くと、

「日本の女子高生の十パーセント以上が援助交際という名の売春をやっているそうだ」と今度ははっきりした言い方で言った。

「本当？　どこにそんな情報出ていたの？」

「新聞に書いてあった」

「アメリカの新聞は嘘つきだって有名だわ」

「でも、しょせん日本の女は誰もが乗れるイエロー・キャブだからな」と言ってラム酒をすするエヴァンの横顔を眺めながら、この人は一体どういう人なのだろうとキャサリンは思った。

「すぐに一緒に寝るような女は嫌い？」

エヴァンはキャサリンの誘うような目つきに気がついたらしく、

「嫌いではないけどな」と言い訳するように答えた。

3　カンザス大平原

エヴァン・ルーカスが生まれ育ったのはアメリカ中央部を占めるグレートプレーンズと呼ばれる地域だった。大平原という名が示す通り、一面の平野に山影は一つも無く、どこまで行っても同じ風景が続くだろうと思わせるモノトーンな故郷だった。

南北戦争の頃から始まった大陸横断鉄道敷設の動きによってカンザスシティーからデンバーまで一本の鉄道が開かれた。当時そこはバッファローの大群とネイティブアメリカンの支配する昔ながらのアメリカの大地だった。

雨量が少なく水源に乏しいこの平原に育つ植物としてはプレーリーグラスやパンチグラスといった、丈が高かったり低かったりの草原性の草が生えるだけで、樹木は育たなかった。風の強さもこの地域の特徴の一つで、乾いた風が平坦な大地を駆け巡った。冬は氷雪の混じったブリザードとなり夏は土埃を巻き上げる竜巻となって地上にあるものを吹き飛ばした。

　大量過ぎるバッファローの群れが鉄道建設の邪魔になるという理由で、白人はバッファローを無制限に殺戮したが、その結果、生活の糧を奪われたネイティブと厳しい対立状態となった。バッファロー狩りと同時にインディアン狩りが実施された。ネイティブの頭皮狩りを目的とする賞金目当てのならず者武装集団が跋扈することもあった。

　そうした無法に近い治安の悪さや痩せた土地を開墾する困難さから、産業と言えばテキサスからカンザスにある駅までカウボーイたちによって牛の群れが運ばれる事業だけという時期が続いた。しかし家を建てる資材や風車、井戸掘り用の機材等が鉄道によって運び込まれるようになるにつれ、次第に農業を営む者たちの数も増えてきた。そんな中、五千人のロシア人によって持ち込まれた、秋に種をまき夏に収穫する冬小麦は、この土地の乾燥した条件によく適していて、やがて冬小麦はこの地を代表する農作物となった。

　灌漑を行わず乾地農法で栽培し、収穫は季節労働者を使う。無愛想な農地がその時期だけ貧しい人々であふれ、一年一回の祭りのように賑わった。しかしその作業もコンバインを並べた収穫隊に委託するようになり、無機質な機械音がけたたましく空に響くだけの時間に変わった。

エヴァンの曾祖父がここに八十ヘクタールの農地を手にしたのは一九三二年、大恐慌で財産をすべて失った地主から買収したのだった。

それ以来、ルーカス家はこの土地で小麦作りに専念し、農地の広さも祖父の代で百五十ヘクタールにまで拡大した。これはこの地域に於いては決して広い面積では無く、小規模と言われても言い過ぎではない程度の土地だった。絶えること無く大規模化が求められている小麦栽培にあっては最低限求められる広さであった。

エヴァンにとって大地に広がる一面の麦畑は彼の原風景だった。少年の頃のいつまでもつづく時間のようにそれは平静と安定を永遠に約束しているかのように映っていた。

しかしそれは間違いだった。

麦の緑が以前に比べて一層均一に丈も等しく統制されているように感じられてくるのと平行して、資金繰りが苦しくなってきたのだった。モンサントによる除草剤ラウンドアップとＧＭＯ（遺伝子組み換え）小麦が爆発的に普及した後、それが前評判と違い全然安価でも安全でも無いことが判明し、利益が激減した。ヨーロッパや日本の輸入敬遠も大きく響いた。やがて小規模経営の農家は押しなべてやっていけなくなり、より大きい所に吸収されるか廃業するかしかない状態となっていった。

「モンサントからの借金がどうしても返済できそうにない。土地と経営権を全部売り払ってそれに当てざるを得ない」という言葉が憔悴しきった父親から告げられた時、エヴァンは家の歴史が一変したことを悟らずにはいられなかった。これまでの環境が音を立てて土台から崩壊していくのを感じていた。

彼が十八歳、アメリカがイラク戦争を開始した二〇〇三年のことだった。

「僕は入隊するよ」とエヴァンは言った。家の破産と息子の入隊がどういう関係でつながっているのか父親には判然としかねたが、エヴァンの中ではそれははっきりつながっていて、自分自身の身の振り方として最良の選択だと考えたのだった。

「ちょうど僕と同じ年齢《とし》の頃、お父さんもお祖父さんも戦争に行ったのでしょう?」とエヴァンが駄目押しをすると、父親は少し思いを巡らしてから、

「そうだ」と首肯せざるを得なかった。「確かにお前と同じ年齢だ。私はベトナムで、お前のお祖父さんは太平洋で戦争をした」

「二人にとってそうすることは大切なことだったんでしょう?」

「そうだったような気がする」

「誇りに思っていないの?」

「どうだろう。勲章はもらったがね」

「独裁者の政治に反対し、自由と民主主義の政治を打ち立てるためだよね」

「昔はアメリカの歴史に自信を持っていたからな」

「今も同じだよね？」

「今も？」

「大量破壊兵器を作ってテロリストを支援するフセインを打倒することなしに世界の平和はないよね。アメリカがそれをするしかないってことだろ？　現在われわれにはそういう正義の行動が求められている。だから僕はイラクで戦いたいんだ。世界中で自由と民主主義が勝利するために」、こういう言葉が自分の口から出ていた。

そんな言葉は今は彼の口からは絶えて出てこない。

その信念が無くなったというわけではない。イラク戦争の意義を聞かれるようなことがあったら、おそらく同じような言葉で答えるかもしれない。しかし彼の身体は、そんな言葉を発するのを生理的に拒否するのだった。

戦争が終わってイラクから本国へ帰国したのはエヴァンが二十六歳の時だった。農業から撤退した彼の家族はカンザス州中央にあるジャンクション・シティに移り住んで、街の一画で小さなスーパーマーケットを営んでいた。除隊後その店の手伝いをすることになっていた。

しかしエヴァンは、戦争前の彼とはまるで違った人格になっていた。

以前の彼からは想像もできない野卑な言葉や粗暴な振る舞いが目立った。戦争という修羅場を経てきただけに、そういうこともありかと周囲は考えたが、その乱暴狼藉は時には常軌を逸し、警察沙汰になることさえあった。体調も悪く、頭痛、耳鳴り、慢性的な鬱状態にとらわれていた。人とまともなやり取りなぞできそうになかった。ポンコツ同然だと自分自身で思った。

三度目の警察沙汰はモンサント系列の農業従事者との酒場での立ち回りで、その結果、相手数人の負傷と店の大損壊という事件となって、エヴァンの病院行きが現実化した。

カンザスシティに近いトピーカの復員軍人病院《ヴェテラン・ホスピタル》へ父親に付き添われて行くと、そこで「明らかにＰＴＳＤ（心的外傷後ストレス障害）だ」と診断された。

「今アメリカには五十万人のＰＴＳＤ、ＴＢＩ（外傷性脳損傷）がいる。帰還兵の二十五パーセントに及んでいる。珍しい症状ではない」と医者はことも無げに言って、ＷＴＢ（兵士転換大隊《ウォリアートランジション・バタリアン》）への収容を示唆した。

ＷＴＢは負傷兵を社会復帰させるための施設で、エヴァンの訓練と出征が全部行われた、ジャンクション・シティ近郊にあるフォート・ライリー基地内に新設されていた。

ＷＴＢでは一日の始めと終わりには制服姿で整列しなければならなかったが、それ以外は診療、カウンセリング、セラピー、そして投薬の繰り返しだった。二百名の患者を収容できる施設には医師やセラピスト、ソーシャルワーカー等が揃っていて看護師の数も多かった。生活は自由な時間が多く、のんびり過ごせた。長い軍隊生活で顔なじみの者も多く、前線でともに戦った仲間の姿もあった。

それでもジョージ・オニールの姿をそこで発見した時は、とても偶然とは言えない運命の結びつきを感じた。ジョージとエヴァンはイラクで同じ歩兵小隊に所属する二等軍曹と三等軍曹だった。同じ戦場で同じ任務についていた。敵はゲリラ的奇襲を旨としたので、いついかなる場所も戦場になり得た。

市街を通行する時は、重機関銃を装備した重装甲のハンヴィーに乗って、防弾チョッキ、耳栓、対破損性サングラス、耐熱性グローブの完全装備で行動した。彼らはハンヴィーを前後に連ねて走らせることも多かった。

「おい、ジョージ、お前はここで何をしているんだ？」と最初から答えが予測される質問をした。

「朝晩、整列して、薬をのんでいる」と言わずもがなの言葉が返ってきた。

「そうか、お前も治療しているのだな。俺と同じか……。俺はＰＴＳＤだと言われた」

「どんな状態だ？」

「鬱状態。頭痛。時々怒りが抑えられなくなる」

「何かやらかしたのか？」

「酒場を壊しただけだ。心配することはない。ジョージ、お前の場合はどうなんだ？」

「眠れなくてな。時々睡魔に襲われると、同時にひどい悪夢へと入る。寝るのが恐ろしい。それで無理に眠ろうとはせずにいるが、そうしているとなんだか堪らない不安感に襲われてくる。もの忘れも激しいんだ」

「ジョージ、お前には婚約者がいたよな？」

「…………」

「確かスーザンだった。除隊したら直ぐに結婚するはずだったよな」

「…………」

「どうなった？」

「うまくいかなかった」

「どうして？　お前こそは良い結婚ができると思っていた。俺と違ってお前ならうまく出来ると信じて疑わなかったが」

「俺の精神が安定しないから彼女の信頼を失った。彼女の側からすれば無理も無いだろう。わけもなくいつも何かにおびえているのだから。戦争に行く前とは別人になってしまったと自分自身で思う。婚約破棄も当然だと考えている」

「お前も俺も同じ条件で働いていたのだから、同じPTSDになったとしても不思議は無いわけだな」とエヴァンは納得したような顔つきで言った。「帰還兵の四分の一がPTSDだと」

「ここを出たらどうするつもりだ？」

「近くのジャンクション・シティで親父がスーパーマーケットをやっているので、それを手伝うつもりだ。お前の生活はどうなっている？」

「コロラドのスキー場で親父がホテルを経営している。俺はそこにあるスキースクールを任されている。健康さえ戻れば心配は無しだ」

「会えて良かったよ」と、こんな所でだが、二人は再会を喜んだ。

十八ホールのゴルフ場まであるフォート・ライリーの中には必要な施設は揃っていたが、建物と建物の間は広く、芝生に座って景色を眺めれば、遠くにある民家のシルエット越しに、地平線に沈む大きな夕陽と赤く染まる大空が見渡せた。

「カンザス大平原だな」とジョージがつぶやくと、

「俺が自分の眼で見たアメリカはこの風景しかない。あとはイラクの沙漠だけだ」と唾を吐きながらエヴァンが言った。

「ニューヨークもグランドキャニオンも見ていないのか？」

「テレビや写真ではあるがね」

「もっと自分の国を見る必要があるんじゃないか?」

「そうだな」

「じゃ、ここを出たら、俺がお前を連れて行ってやるよ。アメリカには見るべき場所がたくさんあるからね」とジョージは請け合ったのだった。

4　ウインターパーク

デンバー国際空港近くのレンタカー会社で森平咲良は小型のセダンを借りた。赤色のヒュンダイ・エラントラでこれが一番安かった。日本語対応のナビもついている。

アメリカでは車が右側通行であることを片時も忘れてはならないが、瞬時に間違いやすいのはウインカーとワイパーだ。とっさに道を曲がろうとしてワイパーを動かしてしまうことがある。

広い大地に単純明快に敷設されたハイウェーは、正しい道順をとることにそれほど不安を感じさせない。ただどの車も速度はとても速い。インターステートハイウェー七十号に入り真っ直ぐ西へ進むとデンバーの町並みに突入し、やがてそれを後にする。そのままひたすら西へと進み、アイダホスプリングスを過ぎてからＵＳハイウェー四十号へと入る。

道はどんどん上昇し急速に山岳地帯へと入って行く。左右に連なっている崖に大きな岩石が危なっかしく乗っている光景が続く。岩盤の露出した山肌と木々が枝を伸ばしている領域が交錯している。常緑樹のスギやマツの森をはさんで鮮やかに黄葉したアスペンの林が広がっている。全山真っ黄色の山もある。空気が冷たい。頭を澄み渡らせる冷気。アスペンの黄葉が更に紅く染まっている所もある。

道が川沿いになりはじめた地点にウインターパーク・リゾートの入り口があった。大きな駐車場が準備されていたが、駐めている車の数は少なかった。咲良はそこを通り過ごしてヒュンダイを先に進めた。とりあえずこの区域に入ってみようと考えたのだった。

いかにもリゾートらしいロッジ風なカラフルな建物が並んでいた。レストランやカフェも店をだしていて、無料の駐車場もあった。そこに車を置いて歩きだす。

スキーリゾート地だと承知していたが、スキーに関わるものは特に見つからなかった。ヴィレッジの中央にチェアリフトが二基設営されていて、急なスロープを遥か上方に向けて上っていた。雪も無いのに高速リフトは音をたてて次々に上っていっている。使っているのはマウンテンバイクを楽しむ人たち。チェアーは一つおきにバイクを運ぶキャリアーになっている。

このリフトの関係者ならジョージが紹介してくれたスキーレッスンセンターのある場所

が判るかもしれないと考えたが、辺りにはリフト券売り場も見当たらない。リフト乗り場で介助している職員に聞くと、あそこで買えると近くの大きなロッジを指さした。中に入ってみると、一階は広くバイクレンタルの店になっていた。

「スキーレッスンセンターがどこにあるか教えていただけませんか？」とカウンターの後ろにいる店員に聞いた。

「それは今やっていません」と店員はつまらなそうに答えた。

「やっていなくても、それがどこにあるかだけでも教えていただきたいんです」と重ねて言うと、リフト乗り場の近くの小屋を地図で示して、

「ここですけれど、今やっていませんよ」と店員は繰り返した。

行ってみると先ほども視野には入っていた小さな小屋だった。窓口も入口も閉ざされていて、それが何の建物かは判別しようがなかった。でもこのロケーションから見て、ここがスキーレッスンセンターであるのは間違いなさそうだった。しかしこの状態ではどうしようもない。

咲良はジョージがくれたスキーレッスンセンターのカードにその電話番号があったのを思い出した。住所はウインターパーク・ヴィレッジとあるだけだったが、電話番号は書いてあった。

スマホでそこに連絡したが、案の定、誰も出ない。何回コールしても梨のつぶて。諦めるしかなく、留守番メッセージに、

「話しているのは森平咲良ですが、ジョージ・オニールさんと連絡をとりたいのです」と入れ、自分の番号を述べて電話を切った。

さて、これからどうしよう、と咲良は考えた。ジョージとの連絡はいつ取れるか判らない。スキー場へは来てみたものの、彼に会えずに終わるかもしれない。思い出してみれば、彼は雪が降ったらここへおいでと言っていた。雪が無ければスキーも何もありはしない。自分の軽挙を自覚する。しかしこういう事態が予測されても、ジョージの働くスキー場をどうしても見てみたいという思いが最初からあった。スキーは彼女の青春をかけたチャレンジの対象だった。それこそありったけの情熱と時間をそれに賭してきた。それを活かすようなことがアメリカで出来たならどんなにいいだろう。そういう強い願いがあった。

とりあえず山に登ってみるか。今行ったバイクレンタルの店でリフト券を売っていることを思い出した。

「ここでリフト券を買えるんですか？」と先程の店員に聞くと、

「イエス」と答えがあって「これに記入してください」と名前や年齢、住所等を記入する用紙を渡された。記入し終わると、パスカードを渡され二十ドルの料金を請求された。

「ゲレンデマップありますか?」と咲良が聞くと、手帳大に何回も折り込まれたトレイル・マップと書かれたブロシュアを渡された。表紙はバイクで山を下る姿の写真で、広げてみるとやはり、それはマウンテンバイク用のマップだった。まあ、そういうことなのだろうなと咲良は納得し、リフトに乗った。

簡単な長椅子のチェアリフトは急角度高高度を高速で上昇し、数分でウインターパークの頂上に到着した。

下からでは判らなかったが、尾根続きでつながっているメリー・ジェインという山とウインターパークの山腹にはたくさんのスキーゲレンデが作られているのが見てとれる。咲良が使ったもの以外にもリフトはあったが、その多くは完全に止まっていた。黄色と深緑色の交錯する林道には走り抜けるマウンテンバイクが見え隠れする。遠くにロッキー山脈につながる山並みが続く。

さすがに頂上の空気は寒かった。サンスポットという看板のかかった、石と材木で出来たいかにも山小屋風のロッジがあった。入口に積まれていた資料の中にゲレンデマップがあった。それを一枚もらってコーヒーショップの中に入った。

もうだいぶんお昼を過ぎていた。朝から何も食べていないのでかなりお腹が減っていた。サンドイッチを出せるということなので、それを注文した。野菜をいつも全種類挟んでもらうことにしていたが、こんな山の上でもそれなりに用意があって良かった。サンドイッチを咀嚼しコーヒーをすすりながらゲレンデマップに見入った。リフトは全部で二十二基あって、尾根を結ぶ長い線やすり鉢地形等色々なゲレンデがあった。そうした地形の違いから地図の上では七つの地域に区分されていて、それぞれ「見る・滑る・食べるがいっぱい」「人跡未踏、初滑り」「息をのむ眺望」「境界線沿いを滑る」「話のたねの急斜面」「ジャンプ、さらにジャンプ」「一緒に自分たちの時間と場所を」などとゲレンデの雰囲気を補足するコメントが付けられている。

しばらくそこで物思いにふけっていると、スマホの着信音が鳴った。

「あっ、チェリー？　連絡があったみたいだけど、どうしたの？」と懐かしいジョージの声が聞こえた。

「今ウインターパークに来ているの」

「遊びに来たのかい？」

「スキー場を見ようと思って」

「スキーが始まるのは十一月末だよ」

「今はマウンテンバイクだけみたいね」

「今どこにいるの？」

「山の上のサンスポットという所にあるカフェ」

「楽しんでいる？」

「早くあなたに会いたいわ」

「じゃ、リフトですぐに降りてきなよ。降りた所で待っているから」

「そうするわ」

急角度で下降していくリフトの先にジョージの笑顔があった。咲良は思わず身を乗り出して、ヤッホーと声を上げて手を振った。

「ジョージ、懐かしいわ。その節はお世話になりました」と、相変わらず人の良い笑顔を浮かべている彼に向かって言った。

「いや、こちらこそ。あの時は楽しかったね」と握手をしながら咲良の顔を見つめ、「スキー場を見たいって？」と聞いた。

「ええ、でも今はまだやっていないのよね。まあ、それは予想していたのだけれど、あなたに相談したいことがあったの」

「そうなんだ」

「私、スキーうまいのよ。ＳＡＪ（全日本スキー連盟）の一級持っているの」

「それはすごいね」と何の感動も無くジョージは答えた。

「日本で訓練されたチャーミングなインストラクター欲しくない？」

「ああ、そういうことか」と納得したようにつぶやいた。

「指導員の資格は持っているの？」

「それは持っていないけれど、実力は大丈夫よ」

「ふーん」

「ねえ、あなたのところで雇ってくれない？」

「単刀直入な要請だね。そうしたいけれど、ここでインストラクターやるには登録が必要なんだ。それも九月末までに申請を出しておかなければならない」

「えっ、そうなの？　なんとかならないの？」

「それよりも今日これからどうするつもり？　泊まるところ決まっているの？」

「あなたに会ってから決めようと思って」

「それもすごい話だな。……どうせなら親父のやっている『アルペンロッジ』に泊まるか。特別に、そうだな、五十ドルにしておくよ」

「良かった！」と咲良は微笑んだ。

「その笑顔には誰もが負ける」

駐車場まで戻り、ジョージが助手席に座って車をナビする。スキー場のある『リゾート』

を出て四十号線を数分先へ進むと、街道沿いに町があった。

「ここがウインターパークの『タウン』だ。観光案内所や市庁舎、警察なんかがある。おいしい食べ物屋も色々あるよ」とジョージが説明した。

道路は山あいを通っていて、上っていく両側の斜面にはコテッジ風の家がぽつぽつと立っている。

車はメインストリートを右折し野原の広がる斜面を上って、景観を見渡せるようバルコニーを備えた緑に塗装された板張りのロッジについた。看板に『アルペンロッジ』とあった。

「わあ、素敵な所ねえ！」と咲良が言うと、

「そうかね」とジョージは首をかしげながら答えた。

後についてフロントまで行くと彼はカウンターの中に入り、パソコンのキーをぱちぱち叩いてから、鍵を取り出し、「はい、これが君の部屋の鍵」と咲良に渡した。「夜はパティオでBBQをしようぜ。君の相談事についてもその時に話し合おう」

咲良の他に客はいないようだった。

部屋の外に張り出しているバルコニーの鉄椅子に座って景色を眺める。

ひらけた視界になだらかな山岳風景がひろがっていた。黄葉と常緑と山肌の色がパッチ

ワークのように混じり合って、それが日の光と影でアクセントをつけられている。山裾にはタウンの家々も見える。しきりに鳥の鳴く声が聞こえる。空気は清涼で思いきり吸いこみたくなる。

夕方になって庭でジョージが薪に火をおこし始めたので、下へ降りていった。

「何か手伝うことある?」

「いや、特にない。そこに座っていて」と言ってから、思い出したように「ああ、今夜は僕の親も一緒だから」と付け足した。

「楽しみだわ!」と答えた咲良に少し緊張が走った。

火の準備ができた頃、両親が出てきた。母親が肉や野菜をのせたプレート、父親が飲みもののカートンを持っている。ジョージから考えて、もうずいぶんな年なのだろうが、見た眼では老人のようには見えなかった。二人とも背筋がすっと伸び、体格が良かった。父親のふくらんだ腹はベルトでしっかり支えられていた。

通り一遍の挨拶をしてから、父親が、

「ジョージに久しぶりに女性の客があったので驚いているよ。ラスベガスで一緒だったんだって?」と言った。

「はい、そこで一緒に楽しませていただきました」

「あそこはシン・シティ（罪深い街）ではなかったかね？」

「いいえ、とても楽しい街でした。息子さんも幸福な時間を過ごしているようでしたわ」

「それはいい！　最近の彼には余りないことだ」

「そう。女の人を連れてきたのもスーザン以来初めてですもの」と母親は言って、余計なことを口走ってしまったと気がつき口をつぐんだ。

「チェリーはウインターパークに仕事を探しにやって来たんだ。スキーが上手だそうだ」とジョージが言うと、

「日本にも良いスキー場がたくさんあると聞いている。そこで覚えたのなら本物かもしれないな」と父親がうなずいた。

焼き上がったビーフやプロウン、オニオン、コーン等を食べる。夜空にそれらの香りの混じった煙が上がっていく。オニール家の飲みものはもうクワーズライトに決まっているようだった。誰もがそれを飲んでいたので、咲良もそのビールを飲み続けた。

「チェリー、春になったら野球シーズンが始まるが、その時はデンバーにあるクワーズ・フィールドへ行くべきだ。そしてコロラド・ロッキーズを応援するんだ！」と父親がガッツポーズの腕を回して言った。「ほら、これがコロラド・ロッキーズの帽子だ」と自分のかぶっていた紫色の野球帽を脱いで見せた。ＣとＲの文字が重なった黒い帽章が縫いつけら

れていた。

「うちはコロラド・ロッキーズのファンなんだ」とジョージが笑うと、

「私もファンになる!」と咲良は調子を合わせた。

「ロッキーズのファンになっても、ここで働けるとは限らない」とジョージが言った。

「そうでしょうとも」

「うちだけで勝手に決められるわけではないからね」

「登録が必要ということでしょう? 正式なインストラクターではなくてアシスタントでもいいわ。それなら雇えるんじゃない?」

「どうかな。ビザの関係があるから、不法就労という問題がある」

「私、研修ビザを持っているわ。ホテル接客業の」

「スポンサーの関係がどうなっているかだな。ウインターパークで就業できる内容になっているかどうかだ」

「仕事場が変わってもスポンサーが認めれば大丈夫みたいよ」

「まあ、調べてみるよ」

「良かった!」と咲良は自分の仕事が決まったかのような喜びを含んだ笑みを浮かべた。

咲良自身にも確かな根拠があるはずはない。しかしそういう方向に向かっていくような可能性を感じていた。

「君の強いオプティミズムはどこから来るのだろうな」とジョージは心の底からわきあがる疑問として言った。咲良はそれに答えず、上を向いて、

「星が綺麗！」と言った。

漆黒の夜空に満天の星が輝いていた。

「六等星まで完璧に見える」得意そうにジョージは言った。

5　ミリシア

明け方ウインターパークを出発し、落葉樹がすっかり裸になってしまっている寒々とした山岳をうねうねと上り下りする道路を朝のうちに通過する。インターステートハイウェー七十号へと出たあとは、ただひたすら東に向かって車を走らせた。デンバーを通り過ぎ、グレートプレーンズを真っ直ぐ腹を切り裂くように東進してきた。アメリカの大地が退屈すぎる広さを持っている事実だけを告げるように、見るべきものの何も無い風景が無感動につながっているだけだった。出発してからそろそろ十二時間が経ち、その日も暮れようとする時、地平線が赤く燃え、天空が黒い闇に覆われつつあった頃、モノトーンの景色の中にジャンクション・シティの街の光を確認した。大きな建物の姿もいくつか見えるが、こぢんまりとした住居群が中心の小さな都市だ。その南側を通過し、街の東端を流れる川を渡った所にある出口で、ジョージは車を七十号線から降ろした。降りて数分の場所にグレイハウンドのバスステーションがあり、そこに乗ってきたジープ・パトリオットを駐めた。ここなら色々設備も整っており、暫く時間を潰すのに便利だった。元々ジョージは旅にグレイハウンドを使うことが多く、今回もそうしたかったのだが、コロラドの山中からカンザスの片田舎までのバス接続がうまくいかず、倍以上の時間がかかってしまいそうなので、自分の車を転がすことにしたのだった。しかし一日中、時速七十マイルで飛ばすだけの動作の連続で、さすがに疲れた。トイレに行ってから、ロビーに併設されているコーヒーショップのカウンターに座り、コーヒーを注文した。ポケットから携帯を取り出し、

「ジョージ・オニールだけど、今ジャンクション・シティのグレイハウンドバスターミナルにいる。どうしようか？」とエヴァンに連絡した。

「ああ、ジョージ。速かったな。食事は済んだ？」

「いや、まだだ。ここで食べてもいいのだけれど」

「いや、一緒に食べよう。ちょっとそこで待っていてくれ。迎えに行くから」との返事があって電話が切られた。

がらんとしたロビーに並んだ椅子の一つに腰掛けて待っていると、ＡＣＵ（戦闘服）を身

につけたエヴァンがどたどたという感じでやって来た。彼らが現役の頃に使っていた沙漠色のデジタル迷彩が最初にほどこされた戦闘服だった。その格好を見てジョージは安心したような笑顔を浮かべて、

「前日から気合いが入っているな」と言った。彼もまた同じようにACUを着ていたのだった。色はグレーで、同時に違う色の迷彩服が並んだが、この際色はどうでも良かった。

「さあ、さあ、長旅の疲れを癒やそう。食事とウイスキーだ」とエヴァンがジョージの肩を抱いた。

二人が入ったのは街の西側にある、看板のネオンがまぶしいレストランバーだった。そこそこ客は入っていたが、空いている席も多くがらんとしていた。二人は中央のテーブル席に陣取った。店の制服を着たウエイトレスがやって来て、

「エヴァン、何かミリタリィな行事があるの？」と言った。

「そんなところだ」とエヴァンが答えると、

「確かあなた除隊したんじゃなかったかしら？」と怪訝な顔をした。

「明日からフォート・ライリーで軍事訓練がある」

「そうなの？」

「彼は友達のジョージだ。コロラドからこの訓練に参加しに来た」とエヴァンがジョージ

を紹介すると、ウエイトレスはお義理のように頷いて、

「飲み過ぎてハメを外さないようにね、いつものように」と小言を言った。

「余計なお世話だ」

「言わなきゃならない義務を感じているから言うのよ」

「そんな義務なぞあるわけないだろう」

「このお店には言う権利があるってこと判っているわよね」

「ああ、ああ、判った、判った。なんてこった。なんて女だ」とエヴァンが罵ると、

「それでどうするの？　何を注文するの？」と女は聞いた。

「じゃ、まずワイルド・ターキーを一瓶持ってきてくれ」とエヴァンが言うと、ウエイトレスはツッと舌打ちをして眉をひそめた。あきれ顔のまま頭をふりながらジョージの方に視線を移したので、

「俺はピザとクワーズライトビア」と答えた。

女が下がると、

「何かあったのかい？」とジョージはエヴァンに聞いた。

「特に大したことじゃない」

「何もなければ、あんなことは言わないだろう」

「例によって飲み過ぎた」

「飲み過ぎて何が起こった？」

「店の中で喧嘩が起こった」

「例によって喧嘩が起こった？」

「ああ、そうだ」

「誰と？」

「またしてもモンサントの手下の連中と。実家の農地を奪った悪党たちだ」

「世の中には許せない連中がたくさんいる」

「ああ、それで年中クソ喧嘩が起きる」

「店に迷惑をかけたのか？」

「かけた。その分は弁償した。しかし初めてではなかったので、店の怒りはまだ続いているかもしれない」

「それで判った。よりによって同じ店ではなく、今夜は別の店を選べば良かったんじゃないか」

「そうもいかないのさ」

「他の店でも喧嘩している？」

「ああ。ここではあの女が小言をつぶやくだけだからまだいいってわけだ」

「なんか悲惨な状況になっていないか？」

「ああ、最悪だ」

アルコールと食べ物が運ばれてきた。二人はグラスに自分の飲料をつぎながら話を続けた。

「仕事は見つかったのか？」とジョージが聞くと、「アルバイトが時々ある」とエヴァンは答えた。

「ミリシア（民兵）の訓練には参加しているのだな」

「俺の心と体の状態を一番自然に受け入れるのがミリシアだ。結局、軍隊と戦争が俺を作り替えてしまったのだな。今更クソ娑婆で暮らすことなんてできないのかもしれない」

「それなら傭兵企業のブラックウォーターにでも入ればいいのじゃないか？」

「それも考えたが、あそこに入るのもハードルが高い。俺のような欠陥兵士では入社できない」

「PTSDの方はどうなんだ？」

「さっぱり改善しない。むしろひどくなっている」とエヴァンは暗い顔で答えた。「つまらないことで怒りっぽくなって喧嘩が絶えない。くそ！　しらふでもだ。いらいらしているのは、だから酒のせいじゃない。精神がそうなっている。しかもその奥に軍隊で鍛えられた暴力的な嗜好がくろぐろうごめいているから、危ないことこの上ない。手に負えないクソ人間なんだ、俺は。ジョージ、お前の場合はどうなんだ」

「ああ、俺も戦争に行く前とはずいぶん変わっている」

「PTSDは？」

「俺の場合は不眠だ。眠れないのもひどくつらいものだよ。時々幻想にもとらわれるし」

「戦争中のことが頭に浮かんできて眠れないのだろう？　それは同じだよ。いつまでも戦争が続いているようなものだ。瓦礫とクソでいっぱいになったあのイラクの街を汗まみれで移動している時間がずっと継続している。自分を取り巻くすべての世界が戦争中と同じにザラザラして荒んで見える。硝煙がたちこめ弾丸が飛び交う風景にすぐにでも変わってしまうような強迫観念にいつもかられている」

身体にセラミック板を巻きつけ、防弾チョッキに取りつけられたポーチには手榴弾と数百発の銃弾、膝当て、肘当てをつけたACUに防弾ヘルメット、防弾ゴーグル、耐熱手袋をはめた手にはM4ライフル。少なくとも二十七キロ以上の装備で、敵だらけの街を行く記憶が二人の頭によみがえっている。エヴァンは続ける。

「ハンヴィーがふっ飛ばされた時の恐怖は何度でも途切れることなくやって来る。処刑場で行軍している気持ちだ。運転席にいた兵士はばらばらに裂かれて血まみれで俺の腕の中で死んでいった。ほんの少しの位置の差で俺は助かったのだが、彼の身体の震えは今でも俺の心を震わせている」

ＩＥＤ（即製爆弾）はいたるところに隠され、直撃すれば重装甲のハンヴィーでも宙に舞い上がった。そんな場所で繰り返されるパトロールは神経をよれよれにすり減らした。

「戦場は地獄だったな」とジョージはもの思いにふける。

「地獄で生息していた人間たちの姿も思い出してしまう」とエヴァンが続ける。「男たちは言うにおよばず、女も子供も実際はみんな敵だった。黒い布をまとった女の小さな身体がクソ自爆テロの爆弾をかかえていることもある。女も子供も決して気を許せない」

「そうだったな」

「何のために俺はあの糞イラクに戦争しに行ったのだろうと考えるよ。絶対にあの国の人間たちのためにではない。それだけは確実だ。あいつらは全部が全部憎むべき敵だった」

「今更そんなことを言ったところで、どんな意味がある」

「意味なんてありゃしない。すべてに意味がない。俺たちはこの世に地獄を作り、地獄で這い回り、ぼろぼろになって帰ってきた。それだけだ」

「お前の恋人とはどうなんだ？　よりが戻ったか？」

「ジェインのことか？　ディア・ジョン・レター（絶縁状）を戦場に送りつけてきた女だぞ。よりが戻るも何もあったもんじゃない。そういうお前だって、スーザンと別れたんだろう？」

「戦場に行く前の自分と心がすっかり変わってしまったようで、同じような関係を続けていく自信が無くなってしまったのだ」

「相手の心が変わったわけじゃなかったのか？」

「両方の心が変わったのだろう」

「男が地獄で血みどろの戦いをしている時、他の男とくっつくなんて裏切りが許されるか？　俺は許さない」

「許さないって、どういうことだ？」

「言葉通りだ。許さないとは許さないということだ」

「俺もお前のウイスキー貰っていいか？」

「ああ、勝手に飲め」

「悪いな」とジョージはワイルド・ターキーを自分のグラスに注いだ。「それで今夜俺はどうすればいいんだ？　フォート・ライリーには入れないのか？」

「フォート・ライリーには明日『プレーン・ウルブズ』として揃って入ることになってい

る。今日はまだ入れない。だから今夜は俺の家、もっとも親父の家だが、そこに泊まればいい。明日の朝までこの街で遊んでいてもいいがな」

「お前の遊びにつきあいきれる自信はないね」

「それは成り行き次第だろう」

「明日の訓練にも差しさわりがあってはならないだろうし」

「ミリシアの訓練なんて遊びだ」

「ここでやった新兵訓練みたいなものをやるんじゃないだろうな。いじめオンパレードの」

「あんなものは誰ももう二度とはやりたがらないだろうぜ」

「だけどフォート・ライリーがよく訓練場を貸してくれたものだな」

「広く一般に貸し出ししているからな」

「でも俺たちの『プレーン・ウルブズ』は武装したミリシアだぞ。本当にいいのかなあ？」

「俺たちの組織の中には地元の在郷軍人会のメンバーがたくさんいる。彼らとミリシアは全く違和感無くつながっている」

「そうだとしても『プレーン・ウルブズ』は合衆国の軍隊とは趣旨が全然違うが……」

「ああ、俺の家のように農地を脅かされた農民たちが団結して作った組織が元々だからな。

テロとの戦いどころか自分たちがテロでも起こしかねない空気だってある」

「実のところはな。まあ、そういうミリシアでも自分の手のひらの上に置いておけるのが、アメリカの凄さかもしれないがね」とジョージはバーボン・ウイスキーをすすりながら言った。

6　メリー・ジェイン

十一月末、ロッキー山脈が雪に包まれた。

デンバーのホテルで「研修」していた咲良にその知らせが届けられてから間も無くジョージが車で迎えに来た。

「スキー場はもう雪でいっぱいだ。山開きは予定通りに行われる。十二月末からはデンバーのユニオン駅とウインターパーク駅直通の電車が土日に走る。これからスキーの仕事が入ってくる。君の研修はホテルサービスについてとなっているが、君が何よりもやりたいのはスキーの仕事なんだよね。だからアシスタントとしてスキーインストラクターの仕事をしてもらいたいので、そのつもりで。ウインターパークで働くにはもともと最低十日間の研修を受けなくてはならない決まりになっている。君の場合は最初から最後までが研修なわけだ。そうだよね？　朝食と宿泊はこちらで用意するけれど、報酬は大した額を期待しないでくれよ」とジョージは車を運転しながら言った。

「ウインターパーク山と連結してスキー場の半分を構成しているメリー・ジェイン山。どうしてその名前がつけられたのか興味が無いか？　どうだい？　実はメリー・ジェインという女性がここを発展させたのだ。話は十九世紀末にさかのぼるが、大陸横断鉄道の一環としてその辺りまで鉄道が敷かれた。すると砂鉱採掘者や鉄道労働者、木材伐採者等々が大勢ここにやって来た。メリー・ジェインは駅の近くに店を開いた。食品、衣類、雑貨など何でも扱うゼネラルストアーと宿屋も兼ねるサルーン。特に、疲れた男たちの夜の相手でたっぷり儲けた。土地の名うての実業家となった彼女は次に、便の良いスキー場としてのウインターパークの開発に乗り出した。それも結局大当たりしたわけだ。彼女の誕生日の一月二十八日には今でもイベントが行われている」とジョージは説明した。

「歴史は古いのね」

「そう。それに彼女の名前はダテについているわけではない」

「どういう意味？」

「手強い相手だということさ」

「どういう風に？」

「行ってみれば判るだろうさ」というジョージの言葉にいささかの不安を抱いていると、「手強いだけで無く、味わいも深いと言っておく必要があるな」とフォローの言葉が入った。

ジョージが運営しているスキーレッスンの事務所は『アルペンロッジ』の中にあって、代表電話もロッジと同じだった。他にこのチームにインストラクターは三名いて、ジョージを含めて四人がセンターから入ってくる要請に従ってレッスンを担当していた。

全員が男性だったが、今回そこにアシスタントとして咲良が加わったわけだった。

「プライベートレッスン、グループレッスン、初心者からエキスパートまで、ゲストのニーズやレベルに合わせてどんな形態の講習も行う。キッズレッスンの需要もけっこうあるので、君には最初それを担当してもらおうと思う。しかし我々自身の訓練には君にも同じように参加してもらう。いいよね？」とジョージが言うので、

「喜んで参加させてもらうわ」と咲良は首肯した。

最初の訓練は一番近くのゲレンデで行われた。

ヴィレッジ中央の高速リフトに乗ってウインターパークの頂上まで登り、そこから下まで一気に降りる。

「編隊を組んで降りる。形を崩さず同じ体勢を保って下まで降りるのだ。下で見ている者たちを驚かすような綺麗な編隊で行こう」とジョージが言って、彼が先頭の左側、その隣に一人、彼らの後ろに二人、咲良を三列目に配置して「最初は右へ跳ぶ。いいか、出発するぞ」と言って滑り始めた。そして、一！　と言って右へ跳び、二！　と言って左へ跳び、一！　二！　と繰り返した。

四人の男たちは同じ間隔を保ったまま、同じタイミングで左右へ跳ぶ。まるでバッタのようにジャンプして。格好をつけたウエーデルンだ。身体の小さい咲良がその形についていくためには脚のバネを余計使わなくてはならず、なかなかの力仕事だった。

「これを下まで続けるの？」と彼女は思った。最後列だったので、多少跳躍する幅が小さくても大丈夫かとも考えた。

下まで降りると、見ていた者たちから拍手が送られた。

ジョージはそれに応えて手を上げて、ジャケットに刺繍されている自分たちのインストラクターチームの名前を指さした。

「これは宣伝でもある。よくここでやっている」と彼は咲良に説明した。「チェリー、君は編隊を保てたか？　まあ、途中で脱落しなかったのだから、多分出来ていたのだろう。これからは君も入れて毎日やるからね」

「はい、喜んで」ときっぱり答えると、

「いい返事の仕方だ」と嬉しそうだった。

次の日の訓練はいよいよメリー・ジェインで行われた。

ウインターパーク頂上までリフトで登り、尾根沿いにメリー・ジェインに入った。ゲレンデの上で立ち止まってジョージが言った。

「さあ、このゲレンデはコブだ。コブは平気だろう？」

「ＯＫです」

「だがメリー・ジェインのコブは、ゲレンデの上から下までずっと続いているところに特徴がある。上から見てごらん。下が見えないが、見えない所もずっとコブだ。これをノンストップで滑降するのだ。自分のペースでいいからトライしてもらいたい」咲良にそう言ってから仲間に向かって、「君たちは速さを競ってくれ」と言って先に行かせた。

男たち三人は目まぐるしい脚さばきでまるで直滑降のような速さで下へ降りていく。

「さながらモーグル競技ね」

「あんなに早く滑らなくていいから、自分のペースで、止まらずに行こう」と咲良をうながした。

前傾外向を保持し、両脚の伸縮をバネにして降りる。ジョージがアドバイスしてくれたように速度は気にしない。むしろ常に制御を心がけながら進む。雪面に合わせて早め早めに判断をしてコブの頂上や溝をねらって荷重する。ジョージが横を滑っている。

しかし如何せん距離が長い。両脚はもとより身体全体のエネルギーが枯れていく。モーグルみたいだと考えたが、モーグル競技ではこんなに長い距離は滑らない。

体力気力がとても続かない。咲良は音を上げて途中で止まった。

「ヘイ！」とジョージが声をかけてきた。「止まらないでと言っただろう」と嬉しそうに笑っている。

「判ってる、判ってる」と答えながら咲良は息を整える。こんなのは慣れだわ、そのうちみんなを追い抜いてやると唇をかんだ。到着点はまだ見えないが、これまでけっこう滑ってきた。残りはそれほど無いだろうと予測し、

「ジョージ、これからどっちが速いか競争しましょうよ」ともちかけた。

「よーし！　そうしよう。競争だ！」と彼は答えて咲良がスタートするのを待った。

全速力で滑降する咲良に同じ速度で併走していたジョージは到着点のリフト乗り場が見えてくると、一気に加速し咲良を置いて矢のように先へ進んでいった。

「なかなかいい滑りをしていたよ」と降りてきた咲良にジョージが慰めを言った。

咲良は後ろにそびえるコブだらけの険しく長い斜面をあらためてしみじみ眺め、「タフ

なスロープだったわ」と言った。

「こういうコブコブなゲレンデの他に、メリー・ジェインの特徴としてツリー・スキーが思う存分にできることがある。ここのインストラクターなら、この分野はどうしてもマスターしておかなければならない」とジョージが言った。

「ツリー・スキー？」

「そう。木の間を滑る」とのジョージの答えに、日本にもよくある林間コースみたいなものかしらと考え、

「気持ちよさそうね」と言った。

「ああ、それにスリルも充分味わえる」

五人はリフトに乗ってメリー・ジェインの頂上まで登った。東側には擂鉢状にえぐられた大きなカールがあって、それを見下ろす白い稜線の向こうにはロッキー山脈の山岳が連なっていた。

「あのカールもスキー場に含まれるの？」と咲良が聞くと、

「そう、あの向こうの稜線もそうだ。ほとんど人が踏みこまない深い処女雪が楽しめる」

「広いのねえ！」

しばらく景観を楽しんでから、

「さあ、これからツリー・スキーを始める。三人はもうこのスキー場になじんでいるから自分の判断で滑る。チェリーは初めてだから、僕の後にくっついて離れないこと。いいかい？　それだけでけっこう大変なはずだから」とジョージが指示した。

「判ったわ」

最初は普通のゲレンデを気持ちよく滑っているだけだった。しかしいきなり林にとびこんだ。林間コースなぞと言えるものではない。ただの雑木林だ。日本だったら絶対立入禁止になっている区域。そこをそれなりの速度を保ったまま滑降する。木々の幹や枝が折り重なるようにして眼前に現れる。その間の白い雪をぬって走り抜ける。右、左、と細かいウエーデルンの連続だ。十二分の制御が求められる。それでも次に何が現れるか、どんな場面になっているのか全く判らないのだから危険極まりない。ただジョージの後ろ姿を見ながらそのシュプールを追っていくしかない。こんな雑木林のスキーがいつまで続くのだろう？　そんな考えが頭をよぎるが、それを即座に吹き消す。ただ彼についていくだけ。止まることなぞ考えない。考えられない。彼が描いたシュプールの上を彼と同じように滑るだけ。死んでもそれを続けるだけ。

息がとっくに切れ、死にそうになっていた頃、林を脱出して雪の広がるゲレンデに出た。

「気持ちよかったかい？」とジョージが聞いてきた。

「死にそうよ！」とあえぎながら咲良が言った。

「このゲレンデの情報が不足しているのだから、そうだろうな。メリー・ジェインでは至る所でツリー・スキーができる。ここでインストラクターをするにはそのルートにできるだけたくさん慣れ親しんでおかなければならない。判るようになればこれほど面白くて醍醐味のあるスキーはないと思うようになるよ」

その言葉を実践するようにそれからしばらくツリー・スキーを続けた。そのうちにどうやらスキー場の南の端にまで辿りついたようなので、

「これで今日の訓練は終わりですか？」と聞くと、

「いや、まだ半分ってとこかな。今日はこのスキー場の全体像をつかんでもらう目的がある。さっきメリー・ジェインの頂上から眺めたカール地域、あれもまたここの名物だ。あそこを知らないと、メリー・ジェインを判ったことにはならない」と彼は言った。

パノラマ・エクスプレスという六人乗りの高速リフトに全員で乗ってパーセン・ボウルという頂きに着いた。

「ここが三六七六メートル、ウインターパーク・リゾート最高峰だ」とジョージが言った。

「ここからカールまでは少し距離がある」

茫漠と白い雪景色が広がる尾根道を進む。だらだら続く平坦な道で昇りもあり、板を滑

らすよりもかついだ方がいいような所もあった。

「ちょっと休憩しようか」とジョージが言い、皆がスキーを雪に刺して座りこんだ。辺りは真白な雪景色だった。

ジョージの仲間の一人が、乾燥した植物をきざんだものを小さな紙片に乗せ、それをくるくる巻いて棒状にして、皆に配り始めた。もの慣れた様子で皆はそれを煙草のように口にくわえて火をつけた。

「チェリーもやる？」とジョージが聞いた。

「煙草？」

「マリファナ」

「え？　本当に？」

「コロラド州では合法だ。一服すると疲れが飛ぶよ。どうだい？」

「やめとくわ」

「そうか」とそれ以上勧めなかった。「『メリー・ジェイン』という名前には『マリファナ』という意味が隠されている。続けてつづればそうも読めるからね。だから、Ｉ♡ＭａｒｙＪａｎｅと標語すると、『マリファナ大好き』って宣言していることにもなるんだ」

「気をつけるわ」

「いや、ここでは全然問題ないから。『マリファナ大好き』って大声で叫んでも何も問題はない。だってこれはとても素敵な薬なのだからね」とおいしそうに吸い続けた。

板をかついで更に歩き、カルデラのように広がる巨大な擂鉢状のカールの縁にたどりついた。

足下に雄大な景色が展開していた。弧を描いてひたすら延びる長い稜線から降りる巨大な白壁。岩根や小さなブッシュが散在してはいたけれど、圧倒的な雪の量を見れば、急勾配とはいえ滑降は容易に思えた。むしろこの巨大なカールの先に一面の林しか見えないことに不安を感じた。降りてからどうするのだろう？　しかしそんな疑問なぞ彼らについていけば自然に氷解してしまうだろう。

咲良は三番目のスタートで降り始めた。コブがあったりブッシュが出ていたりで雪面は安定しておらず、更に新雪が厚く積もっていたりで、多様な対応をしなければならない瞬間が連続した。ジャンプする場面も多かった。しかしそれほど時間をかけずに全員がその壁を下った。

下りた所でいったん停止するのかと思いきや、それはなく、咲良を追い抜いたジョージが、

「ツリー・スキー！」と彼女に自分の後ろにつくように合図をした。

雑木林の中にそのまま突っこんだ彼らは木々の間をぬって滑り続ける。他の誰かが通った跡なぞ少しも無い。新雪を蹴散らして、最短距離のシュプールをうねうねとつけていく。細かいウエーデルンとジャンプの繰り返し。今日の訓練でこうしたスキー操作にも慣れてきた。

日本では絶えてしたことのない滑りだ。木々の間のこんな滑りはまず絶対に禁止される。しかし本当の雪道というものは、日本のゲレンデのように完全に整備されていはしない。スキー技術にしてもＳＡＪの教程のように細々したポイントで級分けされるものではないのかもしれない。ただそこにある自然とどう対峙するか、どう対応するかというだけの問題かもしれない。ありのままの自然をつきつけ、それを征服させる。そのためのスキー技術なのだろう。このスキー場ではその挑戦する自由がある、と考えた。

木々の間を滑り抜けている咲良には今滑っている場所についての知識はほとんどなかった。ただ、下に向かっていることと、方向が漠然とウインターパーク・ヴィレッジに向いていることだけは感じていた。

7　パイクスピーク

赤いジープの屋根に取りつけられたキャリーに五組のスキーセットが載っている。インストラクターチームはこの日、研修でか休暇でかは定かではないが、パイクスピークをスキーで滑降する予定になっていた。

「なんでわざわざパイクスピークまで行くの？」と咲良が尋ねると、

「特別な山だからね」標高四三〇〇メートルのこの山はロッキー山脈東の端に位置する高峰で、コロラドで金が出、西部開拓の機運が一挙に高まった時の一番の目印となった場所だ。『パイクスピークか破産か』というスローガンを幌に大きく描いて、われもわれもと幌馬車隊がコロラドに押し寄せた。今でもアメリカ人にとってパイクスピークは特別な山で、

「それは日本人にとっての富士山のようなものかもしれない。訪れる人の数はとても多く

て、山頂まで登る人の数は毎年五十万を越えている。早い時期からここには山頂への鉄道やハイウェーが敷設されていたからね」とジョージは言った。

「四三〇〇メートルの頂上まで鉄道やハイウェーが通っているの？」

「そう。そのハイウェーでは毎年オートレースが開催されている。猛スピードを出して、わずか数分で山頂まで駆け上っている」

「ちょっと想像がつかないわ」

「行って実際の場所を見れば更にもっと想像しにくくなると思うよ。その高度は並大抵じゃないからね。もっとも、われわれは僕の愛車でゆっくりと登るけれども」

彼の愛車ジープ・パトリオットは彼の自慢だった。丸いヘッドライトに縦型セブン・スロットグリルの顔はまぎれもなくジープだったが、よく知られている軍用やオフロード用の車というイメージを払拭する、ノーマルカーの乗り心地が備わっていて、

「この車なら高速道路も快適な気分ですごせる」とジョージは請け合った。

運転席にはジョージ、咲良は助手席で三人のインストラクターたちは後部座席に窮屈そうに座った。五人乗りなので全然問題はないと運転者が断言したのだった。

早朝、眠い眼をこすりながらウインターパークを出発し、山岳地帯をアップダウンしながら七十号線へと出た。そこから終始七十マイルを越える時速でデンバーの脇をすり抜け、

インターステートハイウェー二十五号線へ出る。途中、コーヒーが飲みたかったり用足しをしたかったりする場合はいったん一般道へ出て、そこにあるレストランやスーパーマーケットを使う。どんな店があるかは何マイルも先から看板が出ているので判った。

二十五号線はグレートプレーンズ最西端にあって、ロッキー山脈を遠望する草地がどこまでも広がる地域を真っ直ぐに縦断している。デンバーに次ぐ保養地として知られるコロラドスプリングスにやがて入り、その街並みを経由し、ハイウェー二十四号に入る。赤い巨大な奇岩が荒地に並んでいるガーデン・オブ・ゴッドや、古くから湧き水で有名なマニトゥスプリングスの町を越えると、いよいよパイクスピーク・ハイウェーの入口だ。ずいぶんな距離を走ってきたがまだ昼前だった。

トールゲイトで制服のレンジャーがにこにこしながら一人十二ドルの通行料を徴収してから、

「まさかスキーをするんじゃないだろうな？」と聞いてきた。

「頂上からスキーで滑り降りる」とジョージが答えると、

「ジーザス・クライスト！　死なないようにな」と憐れむように言った。

「ユー・ベット！」とジョージが笑うと、

「車は二十五マイル制限だから、レースなんかは出来ないよ。下りは低速ギアで運転して、ブレーキは使用しないようにすること。スキーをする前に上から奈落を見下ろしてよく考えることだな。腕前はあるのだろうが、慎重に判断することだけは忘れないように。とにかく充分気をつけて。グッド・ラック」と言って車から離れた。

「パイクスピークでスキーする人なんてあまりいないんじゃない？」と咲良が言うと、車の中は一瞬沈黙に包まれたが、

「そもそもスキー場ではないからね」とジョージがそれを肯定するように答えた。

「滑ったスロープを板抱えてまた登っていかなければならないスキー場なんてあるものか！」と仲間の一人がダメ押しのように言った。

「どんな所なのかしら？」という咲良のつぶやきに、ジョージの答えは、

「体力、体力、それに気力」というものだったので、彼女の不安が解消することはなかった。

車は美しく整備された林の中の道をしばらくまっすぐ走っていたが、次第にターンが多くなり、そのたびに高度を増していった。

「パイクスピークが見えてきているのだけど、判る？」とジョージが言うので眼をこらすと、はるか遠くにひときわ高い白い峰が見える。

「あれがそうなの？」

「ああ」一同あらためて息をのみながらその高峰を見つめた。

「僕らは北側から近づいている。だから今見えている側が北壁だ。あそこを滑り降りる」

「遠くてよく判らないけれど、まるで天国でスキーするみたいね」

「雲の上にある地獄かもしれないぜ」とインストラクターの一人が言った。

「あっ、あの標識は何？」と道路の右側に立っている菱形の標識を指さして咲良が言った。茶色い地色にいかにも頑丈そうな人影が歩いている模様が描かれている。

「ここにビッグフットが現れたという標識だよ」とジョージが答えた。

「ビッグフット？」

「類人猿の一種かな。強烈な体臭を放つ毛むくじゃらで大きな手脚をもった怪物。そういうものがロッキー山脈のあちこちで見られているそうだ」という説明に、雪男みたいなものかなと咲良が思いめぐらしていると、

「インディアンがあがめていたサスカッチという怪物と同じものらしい」とジョージは付け足した。

「どこへ行っても先住民の伝承は残っているのね」と咲良は率直な印象を述べた。

道はパイクスピークに背を向けるように東北方向に向かい、むしろ真っ直ぐ走っていたが、左前方に湖のような貯水池がダムにせき止められて広がっているのが見えてきた。南

方向の眺望が遠くまで開いて、パイクスピークの頂きがくっきりと見えている。池のほとりに大きな駐車場やビジターセンター等も見えた。

「クリスタル・クリーク貯水池。ここから眺める景色の良いことで有名だ。ここではキャンプやハイキング、ボート遊び、釣り、狩り等色々楽しめる。季節の良い時にはね」と辺りの白い森林に向かってジョージは説明した。

貯水池を過ぎたところで、

「この辺りが、『雲へのレース』とも呼ばれるインターナショナル・ヒルクライムの出発点だ。ここから山頂までのカーレースで、最速記録はなんと八分間」とジョージが言った。

「信じられないわ」

「日本人が優勝したこともある」

「あら、そうなの？」

「百五十六のターンをかかえる約千五百メートルの高さを、色々な種類の自動車でここから爆走する。好きな者にはたまらないレースだ。ジープ・ファンの僕でさえも出場はノー・サンキューだがね」

「それを聞いてあなたの好感が増したわ」

「そうなのかい？」と疑うように咲良の顔を見ると、

「確実にそう」と彼女はうなずいた。

しばらく登っていると、咲良は左側の車窓を指さし、

「こんな所にスキー場があったのね！」と言った。

確かに前方の山腹にいくつかゲレンデの走るスキー場の跡地が見えた。今は再び植林がなされていて、全然使われていない様子だった。

「どうして閉鎖したのかしら？」

「お客が来ないのだろうさ。もっといいスキー場がたくさんあるし」と彼はウインクをした。

「ウインターパークとか？」

「そうさ！」

そんなことを話しているうちに車は森林限界を越え、木々の姿はすっかり消え、ごろごろと横たわる巨岩の存在が目立つようになった。はるか下方を望む恐るべき高度の巨大斜面に、ヘアピンカーブを繰り返しながら、急峻なつづら折りの道が続いていた。

「ガードレールが無い所も多いのね」

「うん。高所恐怖症の人間は怖がる場面だろうな。こういう所はゆっくり走るしかない」

「賛成」

「ああ、この辺が『悪魔の遊び場』だと案内に出ているな。嵐の時、稲光が岩から岩へと跳び回る場所だそうだ」

「確かにそういう雰囲気だわ」

道の外は果てしなく落ちてゆく断崖。そういう中空の荒れ地に無造作に並んでいる巨岩の群れ。その間を跳び回って遊ぶのに悪魔の稲妻以上にふさわしいものはない。

これでもかと続くジグザグ道路を登りきると山頂を眺望できる尾根道になった。

「すごい景色ね！」

地球上の何もかもがこの山の一点に集中して天と対峙しているようだった。

「あっ、あれ何？　電車？」と咲良が信じられないものを見たという感じで声を上げた。真っ赤に塗られた二両編成の電車がとことこと山頂めざして登っていくのが見えるのだった。

「パイクスピーク・コグ鉄道。世界一高い登山鉄道だ」とジョージが得意気な顔つきで言った。

「さあ、着いたぞ！」

山頂の駐車場にジープを駐め、全員でサミット・ハウスへ向かう。ちょうどコグ鉄道がその石造りの建物の後ろに到着するところだった。

「ここに着いたらドーナッツを食べることになっている。鉄道の客が並ばないうちに食べよう」とジョージが言って、皆は急いでカウンターの列についた。

ドーナッツとホットコーヒーを手にして展望デッキに出た。

「三六〇度が足の下だ」とジョージが言った。

南側すぐ下には噴火口の跡のような地形があり西側に鉄道線路が山を下っていく風景があった。東側にはコロラドスプリングスの街並みの全貌が見渡せた。そしてその回りにはどこまでも続いていそうなアメリカの大地が果てしなく広がっているのだった。

展望デッキの隅に人の背の二倍ほどもある石造りのモニュメントが立てられており、そこに『アメリカ・ザ・ビューティフル』の歌詞が彫られていた。

「この歌はここで作られたんだっけ」などと言いながらその前に立ち止まり、「アメリカの第二の国歌みたいなものなんだ」と咲良に説明してから、ジョージたち四人はいきなり声をそろえて歌い出した。突然のパフォーマンスに驚かされながら、咲良は静かに聞いていた。

Oh beautiful, for spacious skies,
For amber waves of grain,

For purple mountain majesties
Above the fruited plain!

何と美しい　広大な空
琥珀色に波打つ岩肌　荘厳な深紅の山々
果実の実る平原の上に！

America! America!
God shed his grace on thee,
And crown thy good with brotherhood,
From sea to shining sea.

アメリカ！　アメリカ！
主は汝に恵みを与える
同胞達との善行に冠を授ける

太平洋から大西洋へと広がる場所で

しかし人を驚かすパフォーマンスはこれから始まるところなのだ。

四人と咲良はジープのとまっている場所まで戻り、パイクスピーク北壁滑降の準備をしなければならない。スキー滑降より山登りの度合いが強いということで、アイゼンを入れたザックはスキー板の背負子の役も果たせるようなもので、板自体も傷んでもかまわないような軽量のものをもってきていた。

四三〇〇メートルという高度のせいか空気も薄くて、咲良の頭はいくぶんぼんやりとしてきていた。

広い駐車場の、サミット・ハウスがあるのと反対側の北側に沿って歩く。はるか下方に小さく貯水池や、さっき登ってきたハイウェーが見える。が、すぐ下は岩がごつごつと現れ出た荒れ地が奈落へと落ちている。こんな所を降りるのかと思いながら五十メートルほど歩いたところで、

「ここがY岩溝の入口だ。ここから降りる」とジョージが宣告した。

吹き飛ばされるような強風に吹き上げられ、息を呑んでいる咲良に、

「『困難にぶつかったら、まず深呼吸をしてみる』これがインディアンの教えだ。チェリー

もインディアンにならったらいい」とジョージが言った。

足場は雪よりも岩の方が多く、しばらく滑ることが出来ず、板を手に持って強風の中を歩いて降りた。ようやく雪場が出てきたので、板をつけて滑り始める。

ハザードだらけの狭い道なので、ほとんど横滑りで降りていく。次第に雪道が広くなり、それにつれてスピードを増して滑れるようになる。しかし整備されたゲレンデのようでは決してあり得ず、板の下ががりがり削られる感触も繰り返される。

男たちがどんどん滑降していくので咲良もそれについていく。しかし、降りた所をまた登ってくるという話だったので、そんなに降りたら後が大変になるのじゃないかと咲良は不安になっていた。

8　夜に

外は闇に抱かれた雪景色が凍りついていて、『アルペンロッジ』の入口は固く閉ざされている。ミッドナイトは過ぎていたが、ロビーラウンジの暖炉はまだ薪に火がついていた。その脇にあるソファーに、スウェットを着たジョージが脚を伸ばして横たわっている。近づいてきた咲良は彼がまだ眠っていないのを確認してから、

「何をしているの？」と声をかけた。

「見て判らない？　身体を休めているところ」とジョージは答えた。

「眠れないの？」

「ああ、いつもどおりにね」

「お気の毒」

「せめてこうして寝た格好をとって、疲れがとれるように眠ったフリして時を過ごすしかない」

「昼は重労働しているのに大変ね」

「ああ、……でも慣れた」

「眠らないでいられるなんてすごいわ」

「まあな。一種のスーパーマンさ」

「本当に！」

「そうそう、今日、薪を割って補充してくれたのだね」

「時間があったから」

「ありがとう。今使わせて貰っている」

「役に立って良かったわ」

「ちょっとここに座って話していかないか」

「あなた休んでいるのでしょう？　大丈夫なの？」

「実際起きているのだから同じことさ。むしろチェリーと話している方が休まると思う」

「そう？」と咲良もソファーに腰かけた。

「チェリー、君はインディアンの言葉に興味を持っているね？」

「ええ、この国は先住民の言葉であふれているように感じるの」

『『心が曇ったら夜空の星を眺めろ。静けさの中に歌と詩と物語が満ちている。祈りとは自然と会話すること』こういうのだね？」

「人間は自然の神秘とともに生きているし、だから常にその声に耳をかたむけなければならないというような考え方」

「日本人の考え方とも共通するところがあるのかなあ？」

「そうかもしれないわ」

「ブランデーでもやる？」

「いいわね。いただくわ」

ジョージはフロントの奥の小部屋に入って、グラスにヘネシーを注いだのを二つ作って持ってきた。ソファーで二人はグラスをカチッと合わせてから、それをゆっくりすすった。

「おいしいわ」

「ああ、眠れないからといってこれを飲むと、たいてい余計に眠れなくなる。いずれにしても眠れない。何をしても眠れない」

「大変ね。本当に一睡もしないの？」

「いや、時々眠ることはある。しかしそんな時は必ず夢を見る」

「夢を？」

「戦争の夢。突然戦場にいる自分に戻る。夢の中ではそれこそが本当の自分だと心の底から信じている。ウインターパークでスキーをしている自分なぞ全く存在していない。死に物狂いで戦争を続けている地獄の時間がずっと継続している。だから眠りこんでしまった時は戦争する時となる。眠れないのと夢の中で戦争しているのとどちらが地獄か判らない」

「かわいそうに」

「本当にそう思うかい？」

「思うわ」と咲良の眼から涙がこぼれた。

「泣いてくれるのかい？」

「ええ」

「どうして？」

「あなたが可哀想で」

「戦争が頭から離れない苦しみが判る？」

「ええ」

「本当に？」

「判ると思うわ。戦争は悲惨なものに決まっているもの」

「本当にそうだな」

「かかわった人の心を破壊してしまうものだと思うわ」

「そんな風に考えるなんて、君は利発なんだ」

「そうかしら？」

「ああ、あるいは僕たちに無いメンタリティーを持っている」

「じゃ、この前覚えた『インディアンの子守歌』を歌ってあげる」と言って咲良は静かな声で歌をうたい始めた。

ねんねんよ　おころりよ
かわいい　かわいい　私の良い子
お目々をとじて
素敵な夢を　ごらんなさい
母さん　こうして　頭をなでて
愛しいあなたを　守ります

日照りや寒さの苦しみや
青い服着た悪魔の群れの
恐ろしい夢が　押しよせてきても
丸い形の蜘蛛のネットで
しっかり　ひっかけ
朝の光で溶かしてしまいます

獲物の群れの到来や
豊かに実る作物の収穫や
嬉しい祭りで
皆と歌って笑える喜びは
きれいに束ねた羽根を伝って
しっかり　いつまでも
心の中にとどめましょう

ねんねんよ　おころりよ

かわいい　かわいい　私の良い子
お目々をとじて
素敵な夢を　ごらんなさい
母さん　こうして　頭をなでて
愛しいあなたを　守ります

「丸い形の蜘蛛のネットとか束ねた羽根とかは、ドリームキャッチャーのことだね？」

「そう。悪い夢は頭の中から消え去り、良い夢だけがいつまでも残りますようにという先住民のお守りね」

「悪い夢は消え去り、良い夢だけが残るなんて素晴らしいね」

「子供たちの願いね」

「ああ。しばらく君と一緒にいて判ったのだけれど、チェリー、君には僕を惹きつける魅力がたくさんある」

「そう思うの？」

「うん。僕は最初君がインストラクターの仕事についてこられないのじゃないかと心配していた。君の自信ありげな態度に半信半疑だった。でも君はひたすらついてこられていた。

パイクスピークからの滑降さえ一緒にできた。君の足腰と技量はたいしたものだよ。普段はあまり出過ぎることなく、ひかえめな態度をとっているけれど、なんでもよく気がつき、必要なことは必ずやってくれている。頭もいいし、性格もいい。一緒に働けて本当にハッピーだった」

「そう言っていただいて嬉しいわ」

「暖炉では君が割った薪が燃えている。……暖かい」

「そうね」

「こんな静かな夜に、チェリー、君と二人だけで過ごせるなんて最高だよ」

「そうね」

「君を抱きしめたい」

「え？　でもここはロビーだから誰か来るかもしれないわ」

「誰か来たっていい。君とキスしたい」

「……いいわ。キスだけよ」

キスを交わした後、ジョージが咲良の身体をまさぐりだしたので、咲良は両手で彼の身体を離し、

「もうこれで終わり。私、自分の部屋に戻らなくては」と言った。

「部屋に戻って何をするんだ？」

「寝るの……」

「哀れな僕は眠れないのに」

「ごめんなさい」

「眠れない一人の夜を過ごさせるの？」

「ごめんなさい。でも私あなたの睡眠薬の役は果たせないと思うわ」

9　麦畑

「エヴァンが会いたいって言ってきているの」とジェインが夫に言った。

「またかい？　もう何度も断ったのだろう？」

「そう。でも繰り返し連絡が入るの」

「しつこいな。もう彼や彼の家との関係はとっくに清算できているのに、一体いつまでお前につきまとうつもりなんだろう」

「彼の考えなんて判らないわ」ジェインはそう言って不安そうに窓の外を眺めた。

外は一面に麦畑が広がっていた。風が吹けば波立つ海のような広がり。鮮やかな緑色の、収穫時期には褐色に変わる海、そこにはエヴァンと過ごした記憶がたくさん埋まっている。二人の行いはいつも麦に囲まれていた。

穂をつける前の生えそろった新芽の群れの間を手をつないで周りながら、「大きくなあれ、どんどん伸びろ」と嬉しそうに声をかけていたエヴァン。

葉鞘から穂が顔を出し、小さな花が次々に開き出す頃、寄ってくる虫や鳥と共に、そのかすかな甘い香りを嗅ぎながら、二人はその緑のしとねに包まれて愛し合った。

収穫時、たくましい肩やTシャツを汗でびっしょりにさせながらトラクターを操っていたエヴァンの心の底からの笑顔が今もまぶたに焼きついている。その汗ばんだ太い腕が彼女にからみついてきた時の突きあげるような激情を思い出す。

その畑もジェインたちが今こうして過ごしている家も以前はエヴァンを息子とするルーカス家のものだった。

それがこの地域の他のいくつかの農家と同様、今ではモンサント社のものとなっている。時流となったモンサント社の種子、農薬、肥料等を使用しているうちに農業経営が立ち行かなくなり、結局モンサント社に買収されてしまったのだった。

ジェインの夫はモンサントの社員で、ルーカス家のものだった農地の管理を一手に任された男だった。エヴァンを含めジェインの男友達の多くがこぞって見も知らぬ中東に戦争をしに行っている間、彼はせっせとモンサント風の農業経営を推し進めた。会社のバックが潤沢なせいか彼の羽振りは良かったが野卑なところはなく、どちらかと言うと態度は紳士的だった。年頃の男の姿がジェインの周りからすっかり消えてしまっている環境の中で、彼と接触する機会が増えていった。

休暇で戻ってくるエヴァンは戦場での時間を重ねるにつれてそれに比例するように野卑な感じと獰猛さを増し、恋人という関係は続けていたが、次第に違和感が増してきていた。ルーカス家を買い取ったモンサント社の者とつきあっているなぞは絶対に知れてはならない事実だった。幸いと言ってはなんだったが、そんな彼女の背徳的な事実が知られないうちに、戦争経験の蓄積につれてエヴァンの人格はどんどん崩れていった。戦争へ行く前の彼がことさらに純真であっただけに、その変貌は著しかった。

「俺はもう愛にあふれた家庭なんて作っていく自信が無くなった」としばしばつぶやくようになった。実際、国に戻っても、慣れ親しんだ農地も農家も失ってしまった現状があるだけだったのだ。仕事も無く住む所も無いでは一体どうやって安心な家庭なぞ作れようか。

彼がさんざん飲んで暴れた後に会った時、ジェインは、

「女の気持ちをまるでわかっていないのね」と怒ってみせたが、気持ちが理解されていないことは、彼女にとっては幸いだった。

休暇中に起こした幾度目かの狼藉事件の後、ジェインは戦場のエヴァンにディア・ジョン・レター（絶縁状）を書いた。それを受け取ったエヴァンが、こうなっても仕方ないかと

考えても当然な状態だった。

こうして長い間の恋人関係は破棄され、没交渉となった。

ルーカス家の去った後の農家にはそのモンサントの男が入りこんでいたが、エヴァンとの関係が切れた後、ジェインはその男が昔のエヴァンであるかのように以前と同様そこへ通うようになり、やがて結婚した。

その事実はもちろんエヴァンには告げはしなかった。

しかし除隊後しばらくしてそれはエヴァンの知るところとなり、

「なんであんな男と一緒になったのだ？」と責められることとなった。

「あなたとは別れたのだから、その後誰を好きになってもあなたには関係ないことだわ」

「あいつは俺の家のすべてを奪った男だぞ。その上、君まで奪ってしまったなんて俺は許せない」

「奪ったと言うけれど、不正なところは何も無いわ。あなたのことも含めて全部ルーカス家の選んだ結果でしょう」

「俺が遠い戦場でぼろぼろになって君たちのために戦っている時に、君は一体何をしていたのだ？」

「私たちのため？」

「そうだ。アメリカのためだ」

「アメリカのためね」

「アメリカ人としてやるべきことをやってきた」

「あら、私もアメリカ人として生きていたわ」

「同じだと言うのか？」

「まあ、そうね。あなたは自分の道を選んで、やりたいことをやってきた。私もそうだわ」

「なあ、戦争するのと、戦争しないでノホホンと生きているのとでは、全然違うんだぞ」

「あなた、頼みもしないのに自分で選んでいつまでも長い間兵隊でいたのでしょう？」

「その意義を感じたからだ」

「じゃ、それでいいじゃないの。それで満足すれば。私たちのためだなんて恩着せがましく言わないでよ」

「そんな言い方があるものか。好きで戦争なんてする奴がどこにいる？」

「そこら中にいるんじゃないの」

「ジェイン、俺はどうしたらいいんだ？　何もかもあの男にとられてしまって、俺はどう生きたらいいんだ」

「それこそ自分で考えてよ。私たちには関係ないことだわ」

「お前たちはルーカス家をそっくりそのまま乗っ取って、ルーカス家の人間は路頭に迷っている。そんなことが許されるのか?」

「そっくりそのままではないわ。夫は新しいやり方で経営をやり直しているの。昔のあなたたちのやり方ではないわ」

「モンサントの悪どいやり方でな」

「変ないいがかりつけないでよ。いずれにせよ、あなたとは話すことは何もないわ。もうここには一切来ないでよ」

　こうしたやり取りがあったにもかかわらず、エヴァンからのコンタクトは続いた。メールでメッセージが入ることもあったし、無言の電話が続くこともあった。それだけでも充分不快な出来事だったが、もっと深刻なのは時折彼が突然に訪れてくることだった。ドアの外にいきなり現れる彼の姿は異様で恐ろしいものだった。

「あなた、私、エヴァンが怖いの。風に揺らぐ麦穂を見ると、そこに彼が潜んでいるのではないかとおびえてしまうの。あの人、戦争で殺しのプロだったんですもの。私たちなんて簡単に殺してしまいそうに見えるの」とジェインが夫に言った。

「大丈夫。奴がやって来たら俺が戦う」と夫は言って、置いてあるライフル銃をつかみ上げ、「ほら、もう弾はこめてある」と弾のつまった弾倉を引き抜いて見せた。

10　射撃訓練

三月のウイークデイの一日、スキー講習を求める客が一人もいなかった。そういう日はインストラクター同士で研修するのが常だったが、この日、ジョージは、

「今日の昼食は川沿いの静かな場所でピクニックでもして過ごそうか」と提案してきた。

「ピクニック？　お弁当を作るの？」と咲良が聞き返すと、

「いや。タウンの『スモークハウス』で頼んで、それをテイクアウトで持って行く」と彼は言う。その店で焼いた肉は店の名前どおりに燻した煙の匂いがついたＢＢＱ風味の、ジョージのお気に入りの味だった。

パイクスピークの時同様にジョージは自分のジープにスタッフ三人と咲良を乗せ、「帰りはチェリーが運転な」と言った。

　この前は結局、スキー板をかついで斜面を上ってもらうという重労働を彼に任せてしまったので運転は自然な成り行きだったが、今回はどうしてなのだろうと思っていると、

「チェリーは俺たちほど酒が好きじゃないから、いいだろう？　ピクニックに酒抜きで」

「そういうことだったの。もちろんよ」と合点がいく。

　ジープはいったん事務所のあるロッジに寄り、黒い大きなバッグを二つ乗せた。酒が入っていると思われたが、それにしても昼間からこんなにたくさん？　と彼女は考えた。

　ハイウェー四十号線に沿ったドライブインという感じでそのレストランは建っている。ジョージと咲良だけが車から降り、店に入った。顔なじみのウエイトレスが出てきて、

「ハイ！　ご機嫌いかが？」と言った。

「絶好調かもしれない。これからピクニックをするから、例のスモーキーなステーキサンドイッチを五人分、テイクアウトにして」とジョージが注文すると、

「トリプルデッカーにする？」と問い返してきた。

「ああ、それがいい。野菜や具は全部入れて。ソースもたっぷりね。あとはフレンチポテトも人数分つけといてもらおうか」

「ちょっと時間がかかるから、お友達も店で待っていてもらったら？　コーラぐらいはサービスするわよ」

咲良が呼びに行って、五人でテーブルにつき、コーラを飲みながら出来上がりを待つことになった。

「いつも思うんだが、ここの店の肉は、ヒッコリーなんかの裸木を燃やして薪にして焼いたような、本格的なスモーキーフレーバーがまとわりついている。西部劇に出てくる味のような気がして、それがすごく好きだ。だけど店の外にＢＢＱプレースがあるようにはまるで見えない。どうしてこういう味を出せるのか不思議なんだ」とジョージが疑問を発すると、

「やはり焼き方にコツがあるのだろうさ。焼き炭から煙をたくさん出させるやり方とか、そういう工夫があるんじゃないか」とインストラクターの一人が答えた。

「きっと何か大発明があるに違いないな」とジョージが頷いた。

「お待たせしました。さあ、どうぞ」とウエイトレスが一人分ずつ紙袋に入れたものをプレートに乗せて運んできた。「このバッグに入れる？」と籐編みのピクニックバッグを示した。

「いいね、それ貸してくれるの？」とジョージは喜んだ。

咲良がサンドイッチの入ったピクニックバッグを助手席で抱え、ジープは目的地に向けて走り出した。

目的地というのは雪原を流れる川が蛇行する縁に広がる河原だった。せせらぎが聞こえるその場所にも雪は積もっていたが、座る所がありその前にテーブルが木で作ってあった。ピクニックバッグと二つの黒いバッグを運び、中のものを出して並べた。

アルミ缶入りのバドワイザー、瓶に入ったワイルドターキー。そして銃身が長い黒いリボルバーとずっしり重そうな銀色のオートマチックのピストル、マシンガンに似た自動式のライフル銃、それに銃弾の詰まった箱。それらがテーブルの上に並んだ。

「何、これ？」と咲良が驚いて言った。

「見たとおり、銃さ」

「何するの、これから？」

「射撃訓練。ピクニックの時にはいつもこれをやる」

「驚いたわ。まさかそんなことやるとは夢にも思っていなかった」

「そうだろうな。でも、僕らにはとても身近なゲームだ。銃を撃ったことはないのかい？」

「ないわ」

「銃を使えることは基本的な素養だと思うけれど」

「日本人はそうじゃないわ」

「もし興味を引かれたら君も参加するといい。何にでもついてこられるのがチェリーの魅力なんだから」

「でも、これには興味ひかれないと思うわ」

「まあ、もともと女性は銃にはそれほど興味を持たない傾向がある。しかしこれがこの上なく頼りになる場合がある」と言ってジョージは拳銃を愛しそうに持ちあげた。その様子に違和感を覚えながら、

「サンドイッチと射撃と、どっちを先にするの？」と咲良が聞くと、

「昼食だ。バーボンも飲んでもらえるのを待っているようだし」とジョージは答えた。

「帰りは私が運転するから心置きなく飲んで。射撃にどう影響するか知らないけれど」

「射撃には影響しないね。いやむしろ良い方に影響するかもしれない」と言って男たちはいっせいにアルコールを飲み始めた。

「こういう所でとる食事も素敵ね」と三角の紙袋に包まれたサンドイッチを両手でつかんだ咲良が咀嚼しながら言った。

「ここのサンドイッチはおいしいだろう？　他と比べて全然違うと思うんだがね」とジョージが言う。

アメリカのレストランではどこへ行っても似たようなサンドイッチが出されるような気がしていたが、それだけに少しの違いが大変な評価の要素になるのだろうなと咲良は考え

た。

「ジョージ、今日の標的はどういうのだ?」とインストラクターの一人が聞いた。

的って何か決まったものがあるんじゃないの、と咲良が怪訝に思うと、

「ああ、これと」とジョージは同心円が十ほど描かれている、よく見る標的の紙を出し、

「それから、これ」とジョージ・W・ブッシュの顔がプリントされた紙、「さらにこれもある」とバラク・オバマの顔も持ち上げて掲げた。

ちょっと前までの大統領の写真を咲良が不思議そうに見ていると、

「地獄の執行人ISISを作ったのはオバマだからな」とジョージは言った。

「ジョージ・ブッシュは地獄そのものを作った」と彼の仲間がつけたした。

元大統領の顔を的にして射撃するなんてテロリストの訓練みたいじゃない、すごいことになったと心配している咲良をよそに、男たちは酒を飲み、サンドイッチに食らいついて、冗談を言ってへらへらと笑っている。

全員がサンドイッチを食べ終え、標的が設置された。その位置は以前から決まっているようで、そこに鉄製のフレームで出来た台を立て、標的の紙を取りつけた。

「けっこう遠いのね」と咲良が言うと、

「まず五十メートル。ライフルの時はもっと遠ざける」とジョージが説明した。

「最初はリボルバー、弾は一人三発だ」とジョージがシリンダーに銃弾を込めながら言った。的への当たり具合のチェックと紙の取り換えのために一人が標的の近くに行く。「一番目はお前だったな」とインストラクターの一人に拳銃が渡った。

「両手を使っていいか？」

「まあ、いいだろう。ピストルは片手を原則にしたいんだが、自分のやり方でやっていい」

男は親指で撃鉄を起こしてからグリップを両手でしっかり握り、時間をかけて照準を合わせ、引き金を引いた。ものすごい音とともに銃口から星が爆発したような閃光が飛び出した。その音と光の衝撃で咲良はなぎ倒されそうだった。

「大丈夫か？」とジョージが聞いた。

「すごい火花が出るのね」

「マズルフラッシュ。マグナム弾の破壊力だとどうしてもこの程度の衝撃はある。防音のイヤーマフをしてもいいんだけど、実際に銃を使う時はそんな準備なぞしていられないだろうから、使わないことにしたんだ」

「実際に銃を使うことなんてあるの？」

「そのための訓練だからな」

最初の男が三発撃ち終わると、標的にチェックを入れ、次の男と替わる。そういう風にして次々と交替して撃ち続けた。大きな衝撃音が連続するので、咲良の心は落ち着かなくなり頭がくらくらしてきた。

「スミス・アンド・ウエッソンＭ29。ダーティー・ハリーで使われた最強のリボルバーだ」とジョージが得意そうに長い銃身をかざした。

全員が終わると、標的の紙を手元に運んできて、誰それが真ん中を撃ち抜いているとか、誰それは的にまるで当たっていないとか、三発の合計では誰それが一番だとか、確認しあった。

「今度はオートマチック。これもマグナム弾を使用する特別強力なデザートイーグルだ。射撃音も同じようにすごいから、君は耳をふさいでいた方がいいかもしれない」と言いながら、四角いマガジンに一発ずつ弾をこめている。

「これも随分大きいのね」と咲良は銀色に輝くオートマチックを持ち上げてみる。

「八発入りだから、今度は一人二発ずつだ」とジョージが皆に言った。

撃った瞬間にスライドが後退してくるので両手では持ちづらいせいか、全員が片手で持って発射した。

轟く発射音から頭の衝撃を防ごうとするように咲良が両手で耳をふさいでいるうちに射撃は終了し、さきほどと同様、それぞれの弾の当たり具合を点検し始めた。そして結局ピストルは回転式と自動式合わせてやはりジョージが一番だというようなことを確認して、きっといつもと同じように場が盛り上がった末に、

「最後はアサルトライフルで、こいつらの顔をなくす」とリトル・ブッシュとオバマの顔が描かれた紙がとり出され、百メートル以上離れた地点に標的として並んで貼り出された。ジョージの持っているのは拳銃ではなく、西部劇でよく出てくるライフル銃の形もしていない。戦争映画に出てくるマシンガンに似ていた。

「これはさっきまでの大型ピストルよりも実はずっと使いやすくて撃ちやすい。チェリーもやってみないか？」とどう見ても兵器そのものである黒い小銃を差し出され、咲良は驚いて、

「ノーサンキュー」と強く手を横にふった。

「やらないのか……」と少し失望を示してから彼は他のインストラクターに向かって、

「単射でも連射でもいいから、マガジンに入っている弾数の範囲内でこいつらを撃つ。顔が無くなるほどに中心部を撃ち抜こう」と言った。

右肩に銃床を当て右手でグリップを持ち左手を銃に据えて狙う格好はいかにも自然だった。銃声はマグナム弾に比べて軽やかで、連射するとダンダンと小気味よく薬莢が飛び出てくる。

それに連れて二人の元大統領の顔が崩れていく。

全員が終わり、ぼろぼろになった、共和党と民主党の元大統領の紙が運ばれてくると、拍手喝采、誰一人違和感を示す者もなく、心の底から楽しんでいる様子。

「やっぱりブッシュの方に集中しているな。奴の方に恨みが深いってことが表れているな。俺の軍隊時代の最高司令官様だがな」とジョージが言った。

「出来の悪いドラ息子」

「地獄を作り上げ、若者をたたきこんだ」

「悪魔の使者」

いつになく強い呪詛の言葉が次々に発せられ、穴だらけで原形をとどめないブッシュの標的を彼らは小気味良げに眺めている。これではまるでテロリストさながらではないかと驚いている咲良の顔を見て、

「最近、大統領の人気が無くなってきていてね」とジョージが言い訳するように言った。

「なんでこんな訓練が必要なの？」

「射撃の技術はアメリカ人の常識だからね」

「誰もがやるってわけ？」

「ああ。マグナム弾は少しマニアックだがね」

「アメリカ人が持っている銃の数は三億挺ということですものね」

「家で埃をかぶっている銃を含めてね」

「でも銃による死者の数は毎年一万数千人に上っている」

「戦死者の数よりも多いって言うのだろう？　確かにそれはひどい数字だ。だが、銃が人を殺すのはそうする人間がいるからだ。悪いのはその殺人者であって銃そのものではない。そこのところは間違えないでもらいたい」

「銃を持つこと自体は悪くないって主張したいのね」

「悪くないどころか、それは国民の権利でもあるのだ。建国時に作られた憲法の修正第二条に『人民が武器を保有し、携帯する権利は侵してはならない』とある。自由な国アメリカの基本的な人権の一つとして人民の武装があるのだ。そこのところ判っているのかな？　チェリーの祖国の日本では多分国の統治者か何かが人々から武器を取り上げてしまった歴史があるのじゃないか？」

そう言われ咲良は豊臣秀吉の刀狩りや明治政府の廃刀令等を思い出したが、

「でも銃が出回っていない日本の方が安心安全なのは確かだと思うわ」と反論した。

「自分の身は自分で守るっていう原則は判るよな？」

「判るけれど、国民が銃を持つことを規制している日本の状態はそれと矛盾していないと思うわ。現代はみんなが銃を使って身を守るような野蛮な時代ではもうないと考えるから」

「野蛮？」とジョージは驚いて彼女の顔を見直した。「君の国がどうなっているかはよく知らないが、世界中で数え切れないほどの殺人兵器が存在していて、その性能を向上させる試みが科学の進歩を牽引する結果にもなっているというのに、それを野蛮の一言で決めつけてしまうのかい？」

「大量殺戮兵器や核弾道ミサイルのパレードに国民が万歳を叫びながら感激しているようなメンタリティがどんなに恐ろしく野蛮なことなのか気がつかないのと同じね。まだまだ人類は野蛮なのよね」と咲良が言うと、ジョージは深く溜め息をついて、

「チェリー、今日のピクニックは楽しめなかったね？」と言った。

「射撃訓練がよけいだったかもしれない」

「概して女性は好きじゃないんだね。君は興味を持つかと考えたのだが違っていた。ゲームとしても無理か？」

「ゲームじゃないんでしょう？」

「ああ、そうだな」と深刻な表情でジョージは答えた。

11　キャサリンが来た

キャサリン・リーがウインターパークにやって来た。

毎週末にだけデンバーとの間を走る鉄道ウインターパーク・エクスプレスの営業は三月末まで。その営業最終日の前日、不意に彼女はやって来た。大きな青色の車両から降り立ったキャサリンはエレガントな花柄のオーバーコートを着ていて、スポーティーなスキーウエアーが多い他の客とは異なった雰囲気を醸し出していた。すぐに彼女と判った咲良は、

「キャサリン！」と手をふって近づいた。

「チェリー？」とキャサリンは咲良を見つめてから、「ずいぶんアスリートになったわねえ！　最初判らなかったわ！」と抱きついてきた。

「日に焼けすぎてしまったかしら。私はあなたがすぐに判ったわ！　ラスベガスで一緒だったときと全然変わらないもの」

「五ヶ月なんて瞬く間よね」

「でもびっくりしたわ、あなたが突然来るなんて。ジョージから聞かされた時、信じられないほどだったけど、本当だったのねえ」

「私の方こそ、あなたがジョージと同じ場所にいるなんて聞いて本当にびっくりしたのよ。ジョージがウインターパークでスキーのインストラクターをしていることは知っていたから、レッスンセンターに電話して彼と連絡がついたのだけど、久しぶりに会話しているうちに、あなたのことが話に出たの。あれから後、あなた達がずっと一緒だったなんて全然知らなかったわ」

「正確にはスキーシーズンが始まってからの四ヶ月間よ。私がおしかけてきたの」

「あなたがね」とキャサリンはまじまじと咲良の顔を眺めた。「あなた達がそういう関係になっていたとはね」

「そういう関係って？」

「まあ、ゆっくり聞くわ。どこか休めるところ無い？」

「今日はどういう予定なの？」

「予定なんて無いわ。あなた達に会いに来ただけですもの。ジョージは？」

「スキーレッスンが入ってしまったの」

「ジョージとも話がしたいのよね。彼、夜は大丈夫かしら？」

「予定なんて無いと思うわ」

「今晩はウインターパークに一泊することにしようかな。ジョージの親戚がやっているホテル、部屋あるわよね？」

「シーズンももう終わりだからいっぱい空いているわ。私もそのコテッジに泊まっているし……」

「じゃ、そうする。明日夕方の列車でデンバーへ向かうことにするわ」

「ゲレンデを登ってみる？」

「そのつもりはないわ。どこか腰を落ち着けられる場所はないかしら？　お互いに近況を話しましょうよ」

「荷物はその手提げバッグだけみたいだから預ける必要は無いわね。近くのホテルのロビーに行ってコーヒーでも飲みましょう」と二人は駅のすぐ横にあるホテルへ入り、ラウンジに席をとり、コーヒーを注文した。

「あなたとジョージがそんなにうまくいっていたなんて私は思っていなかったわ。ラスベガスではそんな風には見えなかったし」とキャサリンが開口一番に言った。

「特別な関係なんて無いもの」

「二人で一夜を過ごしても？　あの朝、あなた達ずいぶんあっさりしているなあっていう印象を持ったのは事実だけれど」

「あの朝？」

「あなた達が私の部屋で一夜過ごした翌朝よ」

「え？　どういうこと？　私、キャット、あなたと一緒だったじゃない」

「冗談でしょう？　明け方近くになって、ジョージは私とエヴァンが寝ていた自分の部屋に戻ってきて、私が自分の部屋に戻ったの。だからあなたが目覚めた時に私が横にいたのよ。まさか知らなかったの？」

「知らなかった」

「本当に？　あなたがジョージとのこと全然喋らないから、どうなったのかなあってすごく思っていたんだけれど、あんまりそのことに興味を持つのも無作法な気がして聞かなかったの。知らなかったなんて予想外だわ」

「だってそうなんですもの。でもどうして私とジョージ、あなたとエヴァンが寝ることになったの？」

「そうよね、それは知らないわけよね。チェリー、あの夜、私たちラム酒をいっぱい飲んだでしょう？　ホテルに戻った時にはもうあなたの意識はどこかへ飛んでしまっていたの。そんな状態だったけれど、どういうわけか私たち相談して部屋のメンバーを変えたの」

「どうしてそんなこと出来るの？」

「だって、あなたたちだって、とってもいい感じだったもの。おかげさまで私とエヴァンは素晴らしい時を過ごせたわ」

「私とジョージがどうだったのかが問題ね」

「知っているのはジョージだけということかしらね」

「どうしてもジョージには説明してもらわなければ」

「でもどうなの、あなた達は今どういう関係なのよ」

「だから何も無いって言っているでしょう」

「四ヶ月一緒にいて何も無かったって言うの？」

「そうよ、男女の関係はね」

「よほど魅力無い女だったらそんなこともあるかもしれないけれど、チェリーあなたみたいに魅力ある人だったら、ほっておかれないはずだわ」

「現実の展開は違うのよね。で、あなたはエヴァンと関係を持ったわけね」

「それそれ。私たちは忘れられない強烈な一夜を過ごしたし、あの旅行の後も私のいるロサンゼルスまで彼は訪ねてきたのよ」

「そんな情熱家には見えなかったけれど」

「エヴァンでしょう？　そうなのよ。普段は不機嫌で何もやる気の無いような感じなんだけれど、ベッドに入ると別人になるの」

「別人？」

「野獣かなあ……。特にお酒が入っているとすごいみたい」

「何それ。いいのかなあ？」

「どうなのかしら。でも私、男では一回大きな失敗をしているから、もう多少のことでは驚かないつもりよ」

「別れた連れ合いのことを言っているの？　その人も野獣だったの？」

「野獣ではなかったわ。むしろその反対だったかなあ」

「おとなしい人だったの？」

「おとなしい人でもなかったわ。野望だけは人一倍持っていた。何か起業して社長になるのだといつも言っていたの。どんな会社なのかはさっぱり定まらなかったけれど、自分の会社を持つつもりでいた。株やＦＸに投資して大金持ちになるつもりもあったみたい。楽してお金をかすめとる計画ばっかり。成功した資本家の本ばかり読んで頭の中は同じ夢でいっぱい。でも現実は全然違うの。夢と違っている現実をまともに見つめられないで、いい加減なことをやって日々を過ごしている。夢を持っていることが現実に適応できないいいわけになっているのね。虚栄心が強くて見栄っ張り。そのくせ人一倍何もできない。だから暮らしていて、生きている実感が持てないのよね。そんな男と一緒に生きていく展望が持てなかったわ」

「よくあるパターンね」と咲良が驚いた。「国境を越えてそういう男が増えているのかしら」

「アメリカンドリームが世界を支配しているのよ」

「え?」

「一攫千金で一旗あげようってことでしょう? それはアメリカンドリームだわ。本人が意識しているいないは別にして」

「男のそういう薄っぺらさを嘆いている私たち女も、こうしてアメリカにやって来て何かを求めているのだから、強いことは言えないってわけよね」と咲良は苦笑した。

「で、エヴァンはそういうタイプとは全然別なのよね」

「アメリカンドリームとは無縁のアメリカン?」

「言ってみればそういうことよね。妙な幻想は少しも持っていないの。そういう意味ではさっぱりしているわ」

「それが魅力なの？」

「いや、魅力はもっと別のところにあるのかなあ」

「どういうところ？」

「言葉では言えないわ。と言うか、私にもよく判らないのよ。エヴァンには謎の部分があるわ。そういうことについてもジョージに聞いてみたいの」

咲良もキャサリンもジョージとの会話を待ち望むという格好になった。

午後遅くなってレッスンのツアーから戻ってきたジョージと合流して彼らの住まいになっているロッジに一緒に帰った。咲良の使っている部屋は、補助ベッドが作れるようになっていて、そこなら料金はいらないということだったので、女二人は同じ部屋になった。

二階のフロアーにバルコニーへと出られるガラスドアがあり、その前が簡単なスナックコーナーで、テーブルと椅子が並んでいる。そこでジョージが作ってくれるパスタやオードブルをつまみながら会話することになった。

「キャサリンと同じ部屋で寝るの本当は初めてなのよね」と咲良はジョージに向かって言った。

「そうだったっけ？」とジョージはいぶかしげな表情で彼女を見、「ラスベガスのホテルで一緒じゃなかった？」と聞き返した。

「その夜、私酔っ払っちゃって意識なくしてしまったのだけれど、私と一緒に一夜を過ごしたのはジョージ、あなただったって言うじゃない？」

「ああ、そうだった」と彼はすぐに認めた。

「あの夜、あの部屋で何があったのか知っているのはあなただけなの。私たち何をしていたの？」

「何も」

「何も無かった？」

「ただ少し会話をしただけさ」

「会話？　どんな？」

「まあ、あれやこれや」

「もめ事とか修羅場は無かったのね？」

「全然。チェリーは終始お姫様のように毅然としていたよ。俺のことを介抱を任された救急隊員か何かみたいに考えているようで、態度を注意されることもあった。ベッドに入るや熟睡し、俺は君のかわいい寝顔を眺めていた。そういう時間が続いただけだった」

「そう。判ったわ。あなたには色々迷惑をかけてしまったのね。飲み過ぎて意識をなくすなんて、しかも旅先で、だらしなかったわ。何かあっても仕方の無いところだったわ」と咲良は唇をかんで、「キャサリン、これが真相だったようよ」と言った。

「何事も無くてめでたしめでたしだったと言うべきかしらね」とキャサリンは無感動な表情を作って言った。「でもチェリー、あなた何も記憶が無いほどに酔っ払ってしまって熟睡してしまったなんて、子供みたいな人ね。ちょっと信じられないほどに」

「恥ずかしいわ」

「チェリーはチェリーなのさ」というジョージの言葉の意味を咲良が判らないでいると、

「チェリーはさくらんぼという意味だけど、バージンとか性経験の乏しい人とかいう意味もあるの。あなた、結婚していたのだから勿論バージンじゃないのでしょうけれど」とキャサリンが言った。

「幸か不幸か私そのチェリーじゃないわ。結婚していたのだから。私の名前のサクラはさくらんぼのチェリーでもなくて、むしろその木に咲く花のことなのよね。あなたたちも知っているかもしれないけれど、日本人はチェリーの花が大好きでね、毎年春にはその花見を楽しむの。どうしてそんなに人気があるのかというと、バラのように色鮮やかで香しくない奥ゆかしさが気に入られているの。色はわずかにピンクがかった白色だし、匂いは朝の空気のように透明で爽やかだわ。そういう控えめなところに日本人は美を感じるのよね」

「チェリー、あなたにもそういうグレイスフルな感じがあるわ」

「日本人が特にサクラを好むのは、それが一斉に花開いて、わずかな時間しか経たぬうちにまた一斉に散っていくという、集団の潔さみたいなものがサムライ精神に通じているからだという風に聞いている。それはどうなの？」とジョージが聞くと、

「確かにそういう思想はあると思うわ」と咲良は認めた。

「ブシドウには集団で狂い死にするのを高潔と感じる精神があるらしいが……」とジョージがなおも興味深そうなので、

「戦争で負ける前までの日本の話でしょう？　今日本で武士道なんて信奉しているのは一部の人だけよ」と咲良は言った。

「でも日本人は色々なところで『サムライ日本！』って自分たちを鼓舞しているような気がするけれど」

「それは認めるわ。だけど私の親は、潔く死になさいという気持ちでこの名前をつけたのじゃないと信じるわ。人生を新しく出発することの多い春に毎年鮮やかに咲いてそれを励ますサクラ。これは激励と希望を象徴して咲いている花なの。それが日本人の気持ちなの

だと思うわ」

「そうよ、そうに違いないわ」とキャサリンが相づちを打った。「ジョージ、あなたがサムライ精神に興味を抱いているようなのは判るけど、それは現在の日本人にも私たちにも余り関係ない事柄じゃないの？」

「どうだろうね、少なくとも僕にとっては関心の外にあるものではない。多分エヴァンにしてもサムライ精神は少し気になっている思想の一つだと思う」

「そうそう、そのエヴァン、彼についてのお話が聞きたくて、ジョージ、あなたのところまで来たんだわ」

「そのようだね。君とエヴァンはあの夜めでたく結ばれたのかい？」

「結ばれ……？　そう、素晴らしい夜を過ごしたわ。おかげさまで……」

「湯気が出るほどに盛り上がっていたからなあ、君たちは。あいつはあれでいて結構女好きなんだ」

「確かにね……。あの旅行の後、彼は私のいるＬＡに遊びに来てくれたのよ。それで今度は私の方からカンザスへ行こうと思っているの」

「その途中にここへ寄ったというわけなんだ」

「あの人が何に興味を持っているのか判らないから、お土産にこんなものを持ってきたけれど、どうかしら?」と小さな装飾品を出して見せた。

「『福』の字が逆さに書かれているのね?」と漢字の読める咲良が言うと、

「ハピネスが来るようにという中国のお守りね。グランドサークルの旅行で買ったネイティブアメリカンのドリームキャッチャーと一緒にして飾り物にしたの」とキャサリンは説明した。

「ドリームキャッチャーは、悪い夢は夜明けとともに消え去り良い夢だけが残るようにという、インディアンのシンボルのように使われているお守りだね」とジョージがそれを眺めながら言った。

「エヴァン、気に入ってくれるかしら?」

「どうだろうね」

「あの人のこと、よく判らないのよ。急に不機嫌になったり暴力的な言葉を吐いたりするの。優しくしてくれる時はとてもナイーブで繊細なところもあるんだけれど。ジョージ、あなたは彼の友達だから、私よりもっと彼のこと知っているでしょう? どうしてそんな態度とるのか判るんじゃない?」

「いや、よく判るよ」とジョージは答えた。「どうしてという理由ではなくて、エヴァンがそういう無礼で粗暴な態度をとるという情景が目の前で見るようにはっきり判る。それはキャット、君のせいじゃないよ。実は僕自身もそうなんだが、僕らは一種の病気だから。戦場で僕らは同じ隊にいた。同じ環境で同じ経験をしたので、そうなったのかもしれないが、僕らは帰国後同じPTSDを発症したのだ。彼の郷里に近いフォート・ライリーのWTBで思いがけずに再会して、僕らはお互いに不遇をかこったものだ。PTSDで傷ついた心は健常人の予想を越える緊張を強いられている。平常では考えられない感情の爆発があったりする。本人の予測も超えているのだから、周りの人からすれば大変な迷惑を強いられる場合もある。後で本人は深く反省するのだが、周りの人はそういう病気なのだと理解するしかない。キャット、君も僕らのそういう事情を知っておいた方がいいと思う」

「まさか、そんなこと……」とキャサリンは驚いて言葉が出なかったが、「エヴァンがそんな病気を患っているなんて少しも気がつかなかった。あなたに言われなければ判らなかったわ。でも、それは回復できるんでしょう？」と思い返したように言った。

「ああ、できるとも。元の自分に復帰した者もたくさんいる」とジョージが答えると、

「私もあなたの病気のこと全然気がつかなかったわ。むしろ人一倍健康な人だと思っていた」と咲良が言った。

「最近は調子がいいのさ。チェリー、君のおかげかもしれない」

「面倒みなければならない人が身近にいると、逆に健康になってしまうということかし

ら」と咲良が混ぜっ返すと、
「いいな、そういう関係。私もそうなりたい」とキャサリンが言った。

12　春に

コテッジのバルコニーから眺めると、山頂付近にはまだ雪が残っていたが、眼下に広がる一面の草地には、そこここに花が開いているのが見えた。黄色やピンク、白色、紫色等、様々な色をした花の群れが競うように咲いている。

「春だねえ」花の近くを舞っている白い蝶に眼をやりながらジョージが言った。

どこか近くで鳥がしきりにさえずっている。

「空気はもう冷たくなくて、とてもすがすがしいわ」と深呼吸をしながら咲良が言った。

「花の良い香りも混じってる」

「ウインターパークにやって来る人の数も減ってきているなあ」とジョージは眼下に見わたせるタウンの全景を眺めながら言った。そこに駐まっている車の数は少なく、まばらに散らばっている人々の動作は心持ちゆったりしているように見える。

「春っていいなあ！　私、春は大好きよ」

「スキーが出来なくなってしまうのに？」

「それは残念だけど、春になると何かまた新しいことが始まるような気がするの。新しい希望が生まれてくるという気持ちになってくるの」

「どうしてなんだろう？」

「多分、日本の新しい年度が春に始まることが関係しているのだと思うわ。学校も職場も三月に年度が終わり四月に新しくなるの。ちょうどその変わり目にサクラが咲くのね。薄ピンクの花が雪のように舞う中を、入学したり進級したり卒業したり入社したりするの。サクラの花の香はとてもさわやかで、空気がすがすがしい。この時期に新しい希望を抱いた思い出がたくさんあるわ。だから春になると自然に希望がわいてくるの」

「チェリーはやっぱり春が一番好きなんだね」

「他の季節もそれぞれに皆いいのだけれども」

「俺は冬だな」

「判るわ」

「秋が終わりになって冷たい風が吹きだすと身体に力がわいてくる。さあ、俺の季節が始まるぞと思う。雪にまみれてゲレンデにいる時、俺は本当に生きているという実感を覚える。どんなに厳しい吹雪にあっても、それに耐えている自分が好きだ。冬こそ自分を取り戻す時だ」

「ジョージ、あなたが自分でそう言わなくても、それはもうすっかり判っているわ。ゲレンデのあなたは本当に頼もしいもの」

「ありがとう、嬉しいよ。チェリー、君も今年の冬よく頑張った。君の仕事ぶりも俺の励みになった」

「私、このコロラドの山々がとても好きになったわ。大自然にすっぽり抱かれて、そのまま大地のふところ深く分けいって行くようなゲレンデで、私はその一部であることを実感できたわ。とても良かった」

「それを聞いて嬉しいよ」

「あなたにはたくさん面倒をみていただいたけれど、シーズンが終わると、そろそろ私の仕事も終わりね」

「そうかなあ。スキー以外にもこのウインターパークには色々レクリエーションはあるし、ホテルサービスの業務だってあるのだから、君の仕事は続けられるのじゃないか？」

「そのお気持ちはありがたいわ。でも私の研修を取り仕切っているスポンサーがそれを認めてくれるかどうか判らないわ」

「これまでできたのだから、これからもできるはずじゃないか。不法就労ということにはならないだろう」

「どうかなあ？」

「何にしろ、俺はチェリーにここに残って貰いたいんだ」

「どうして？」

「さっきも言ったけれど、君と一緒にいたこの数ヶ月本当に楽しかった。見た眼にはそんなに頑丈そうではない君の身体のタフさに驚かされた。心の内に秘められたタフさに関連しているのだろうけれど、それがどのようなものなのか俺には判らない。そのタフさの底に何か神秘的な優しさが潜んでいる。俺が持ち合わせていない心のありようだ」

「買いかぶりすぎだわ」

「いや違う。君と一緒にいる間、俺のＰＴＳＤはどんな症状も起こさなかった。精神がずっと落ち着いていた。絶対にこれは君の存在が原因している」

「そうなの？」

「ああ、間違いない。安心して俺は君のヒーローでいられた。そうだろう？」

「その通りよ」

「それが嬉しかった。それで、聞きたいのだけど、君は俺を愛しているかい？」

「え？　そういう質問？　あの、そう、愛しているわ」

「言ってくれたね、愛しているって。……実は、俺もチェリーを愛している。君の切れ長の眼、しっかり閉じた唇、真っ黒な髪、引き締まった身体、みんな本当に好きだ」

「ありがとう」

「君と話していると心が安まる。君の笑顔を見ると抱きしめたくなる。君をもっと幸せにしたくなる。……だから君にここに残って貰いたいんだ」

「それ、もしかしたらプロポーズ？」

「プロポーズ？」

「今しきりにさえずっている鳥も一生懸命プロポーズしている」

「鳥？」

「ごめんなさい。余計なこと言ったわ」

「君が言う意味はひょっとして結婚ということかい？」

「そう」

「結婚となると話は別だ。色々めんどうな問題が起きてくるだろうし、そこまではまだ考えが行っていない」

「でも私のビザの問題は一挙に解決するわ」

「それはそうだが」

「何が問題なの？」

「特に問題というものは無いかもしれないけれど、民族の違いだってある。神の前で宣誓するのだ。軽く結論づけられるようなことではないよね。一生の問題なのだから」

「そうよね。私には一度失敗した経験があるし」

「俺にはまだ結婚生活ができるかどうか、その自信が無いんだ」

「私だって自信なんか無いわ」

「君の前のハズバンドはどういう人だったの？」

前のハズバンド？　と咲良は考える。どう答えたら良いのだろう。二年余りの短い結婚生活の全体を思い起こす。すれ違いだらけの夫婦生活だった。いや、あれが夫婦生活だったのだろうか？　夫婦だったのだろうか？　生活と呼べるものだったのだろうか？　二人はそれぞれ自分のやりたいことをやり続けていたし、収入もお互いにその時々に稼いだ変動給だった。どちらかに全く収入の無い時もあった。お互いの生き方に干渉しないということで、それぞれが好きなように生きていた。破綻するのは時間の問題だったのかもしれない。そこへ、日本を揺るがすような大問題が起きた。彼女はそれをそういう風に捉えた。

絶対に見過ごせない問題だとして政治活動に参加した。しかしそれが二人の仲を引き裂く要因となった。何も共通するところのない男女どころではなく、生き方の対立する二人となった。かろうじて続いていた夜の交渉もお互いに避けるようになった。そうなってくると、夫婦でいることに何の意味も無いように感じられてきた。性交渉だけが二人をつなげていたわけではなかったろうが、彼女たちの結婚は完全に失敗した。前のハズバンドはどういう人だったのか？　ジョージに何を言えばいいのか？　それについて出来れば何もコメントしたくない。だから、

「ジョージ、あなたとまるで違う人。何もかも違っていて、共通点が何も無い人」とだけ言った。

「そうかい。それを俺はどう受けとめればいいのかなあ」

「受けとめる必要なんてないわ。私の別れた夫と彼との結婚は、あなたには全然関係の無い事柄ですもの」

「君が好きになった男がどういう人なのか。それが自分とはまるで似たところのない人物であることだけが判っているというのも、おかしなものだよ」

「そうかもね。でも私、そのことについて話したくないの」

「チェリー、君は結婚について真剣に考えていないのじゃないか？」

「そんなことはないと思うけれど、一度失敗すると、もうどうしていいか判らなくなってしまうのかもしれない」

「失敗したのなら次は失敗しないように考えるべきだと思うがね」

「それが正解ね」と答えてから咲良は黙りこんでしまった。

「まあ、そういうことで、結婚についてはお互いじっくり慎重に考えようや」

「それがいいわね」

「だけど、君のこれからのことは考えなければ」

「そうね」

「さっき言ったように俺は出来ればここに残って貰いたい」

「ありがたいけれど、ちょっと無理かもしれない」

「では、どうするつもり？　他に選択肢はあるの？」

「無いわけでは無いわ。ネイティブアメリカンのリザベーション（居留区）の一つにある観光局で研修できるようなの。私の研修は分野が観光になっているから、大丈夫かもしれないっていう話なの」

「ふうん、ネイティブアメリカンか……」とジョージはしげしげと咲良の顔を眺めた。

13　ドリームキャッチャー

平地に伸びるハイウェー四十号線に沿ってひっそり佇むウインターパークタウン。その一かたまりの家屋をやり過ごして黒いセダンが静かに走行し、それを眺めているジョージが立つロッジの方向に曲がって坂を上ってきた。屋根に警告灯が乗っていて、横腹の白地の部分にはＰＯＬＩＣＥと大書されている。

裏庭の駐車場にパトカーを駐め、バルコニー下に近づいてきた警官が、手すりにもたれてずっと観察を続けていたジョージに向かって、

「ここがアルペンロッジですね」と声をかけた。

「そうです」

「するとあなたがジョージ・オニールさん？」

「はい」と答えてジョージは警官をしげしげと見つめた。茶色のつば広ハットにベージュのシャツ、オリーブグレイのズボンには拳銃を下げた黒のガンベルトを巻いている。「今、下に降りていきます」

一階フロント前のロビーのソファーに警官を座らせ、あらためて彼の胸についている星を眺めながら、

「私に何かご用なんですか？」と聞いた。

「初めまして。私、州の保安官補をしているアンディー・マッカーシーという者ですが、ちょっとお伺いしたいことがありまして」

「何でしょう？」とジョージは警官の階級を表す腕章を見つめながら言った。

「実はこの女性なんですが」と写真を見せて、「ご存じですよね。キャサリン・リーさん。ロサンゼルスで働いていた……」

「…………」

「この方が行方不明になっていましてね。捜索願が出ているのです。彼女と部屋をシェアしている女性の話では、リーさんは確かにあなたを頼りにこちらに向かっているはずなんですが」

「来ましたよ」とジョージは答えた。「三月末の週末でした。ウインターパーク・エクスプ

レスの最終営業日でしたから、よく覚えています」

「何をしに来られたのですか？」

「旅の途中でちょっと寄っただけだと思います」

「あなたとリーさんのご関係は？」

「ちょっとした知り合いです」

「ちょっとした？」

「ええ。ラスベガスから出たツアーで偶然一緒になったのです。それだけです」

「そのツアーなんですけれど。リーさんはそこで誰かととても親しくなったようなのです。あなた、あの後、ロサンゼルスへ彼女を訪ねて行ったことがありますか？」

「ありません」

「本当ですか？」

「本当ですよ。ラスベガスから帰ってきてからは、ウインターパークでの仕事が忙しくなっていますから、そんな暇はありません。勤務表を調べていただいて結構です」

「そうですか？」と保安官補はジョージの顔を覗きこみながら言って、「ところで、リーさんはあなた以外にもそのツアーに参加した友達と会えるというようなことを言っていたらしいのですが、それについて心当たりはありませんか？」と聞いた。

「ああ、それはチェリーのことでしょう」

「チェリー？」

「サクラ・モリヒラさんという日本の女性です。この『アルペンロッジ』で開いているスキースクールでインストラクターの手伝いをしてもらっていました。女同士ですから気が合っているのでしょう。リーさんがこちらへ来た夜もチェリーと一緒の部屋に泊まりました」

「その方は今ここにいらっしゃいますか？」

「いえ、もういません」

「どうされたのですか？」

「スキーシーズンが終わってしまいましたからね。今はナバホ・リザベーションの方へ研修に行っています」

「ナバホ・リザベーション？」

「ええ、興味があるのでしょうね」

「それでそのサクラ・モリヒラさんとはその一晩を過ごしただけなのですか？　その後二人は連絡をとっていたということは無いのですか？」

「それは無いでしょう。チェリーも私と一緒にスキーの仕事をしていましたし、そんな話を聞いたことはありません」

「リーさんが旅の途中のようだったとおっしゃいましたが、ウインターパークから先どちらへ行ったかご存じですか？」

「さあ」

「ご存じない？」

「デンバーへ向かったのは確かですけれど」

「そうですか。ご協力ありがとうございました。今後リーさんから連絡があったり、何か彼女に関する情報がありましたら、こちらへ連絡ください」と言って州の保安官事務所の名刺を渡してきた。

あえて嘘をついた。エヴァン・ルーカスの名前を出さなかった。理由があったわけではない。何か漠然とした不安を感じたからである。

その不安にせき立てられるように、数日後ジョージはエヴァンの住んでいるジャンクション・シティへジープを転がして行った。

朝発って夜着いた。町に入って電話を入れると、

「やあ、ジョージ。どうしたい？」とエヴァンが明るい声で答えてきた。

「今ジャンクション・シティに入ったところなのだけれど、ちょっとそっちに寄っていいかい？」

「もちろんかまわないが、今俺は近所の広場でやっているブルーグラスの野外フェスで飲んでいるところだ。電話の奥にジャンボリーが聞こえていないかい？　すごい盛り上がりだ。広場中が沸騰している。お前もここへ来いよ」

「そうする」

ブルーグラスのフェスティバルはすぐに判った。テント小屋を張り巡らした小さな公園から、かろやかに弾けるカントリーウエスタンの音色がこぼれ出ていた。

入ってみると、テント小屋では肉やエビ等を焼くＢＢＱや軽食、ポップコーン、アイスクリームや飲み物等を販売している。そうしたかぐわしい香りがたちこめる中、バンジョー、マンドリン、ギター、フィドルの四人とペダル操作で加わるドラム音の舞台演奏がアンプで増幅され、会場全体の祭り気分を高揚させていた。

「やあ、ジョージ、いいところへやって来たな」とバーボンを瓶ごと握ったエヴァンが彼を見つけて近寄ってきた。

「そのようだな」と既にかなり酩酊しているらしいエヴァンを見て、「一人で飲んでいるのか？」と聞いた。

「ああ、そうだ。大体俺はいつも一人で飲んでいる」

「この雰囲気なら一人でも盛り上がれるな」

「ああ、ブルーグラスが主役だからな」

「カントリーはいいな」

「お前も好きだろ？」

「ああ、いつでも心を浮き上がらせる」と空いているテーブルに腰を降ろしたジョージは頷いた。「この音楽に浸っていると開拓者たちの心意気がよみがえってくるようだ。幌馬車を連ねて大平原に進出し、新天地に牧場を開いた人たちの躍動するリズム。大地での厳しい営み、一息ついた時の充足感、それらが音楽となって流れてくる」

「そうだな。親父の代まで続いていた農家は、戦争に行っている間に破産してしまった。もう土地も何も残っていはしない。だが身体の中に開拓者のスピリッツだけは残っているのかもしれない」

「そうだといいがな」とジョージはエヴァンを見つめながら言った。「体調はどうだい？ＰＴＳＤは出ていないか？」

「いや、さんざんだよ。少しも良くならない。身体も心も何が起きるのか予想がつかない。不安でいっぱいだ」

「睡眠は？」

「まともな睡眠なんて絶えて無い」

「俺も似たような状態だ」

「起きていても身の回りの世界に違和感がある。眼に見えるあらゆる物事が嘘臭くわざとらしい。嘘ででっちあげたまがいものの糞世界に見える。それにとどまらず、音が遠くで耳鳴りのように響き、色彩も無いような世界に感じられる。色が無いと言うか、全部が砂の茶色で埋まっているようでもある。ちょうど糞イラクの崩壊した街のように。そこでいつも感じていた堪えきれないほどの不安感が嵐のように押し寄せて来、立っていられなくなることもある。いつまでも戦場をさまよっているような、そんな糞日常だ」

「とっくにアメリカに戻ってきているのにな」

「アメリカもイラクも同じだ」

「恋人はできないのか？」

「恋人はジェインで終わりだ。戦場に糞絶縁状を送りつけてきた女……。お前だってスーザン以来女っ気無しなんだろう？」

「まあな。それで、そのジェインはどうしている？」

「生きているよ。俺にかかわらないように気をつけながらね」

「話はしないのか？」

「ライフル持った男が守っていて、俺をよせつけない。近づこうとすれば、本当に撃ち合いになる。しかも相手を撃ち殺したところで、事態は何も好転しない。ジェインが戻ってくるわけではない」

「話をしようとはしたんだな。でもあきらめた？」

「えらく寂しかったものでね。でもあきらめた。所詮たかが女一人の問題だ。あきらめはつく」

「他の女性には興味を抱かないのか？」

「さっきも言ったけれど、今の俺の精神は戦場にいる時と同じようなものなのでね。ずたずたに荒んじゃって女を寄せつけないんだ」

「女を寄せつけない？　そんなことは無いだろう」

「家庭的なものをかな。愛情とか結婚とかな」

「そうか。どうしてなのだろう？」

「糞戦場で子供や母親を殺したからかな。爆砕した糞瓦礫の中に子供を抱いた母親の糞死体を発見することが幾度かあった。実際、自爆攻撃が疑われた母子をこの手で射殺したこともある。女や子供が糞テロに使われることはよくあったしな。だから俺にはそういうものに対する拒否反応がある」

「精神的に寄せつけないってことか？」

「自分はそれを作っていく者ではなく、破壊していく者なのだという糞強迫観念かな？」

「話が深刻になってきたな。場所を移った方がいいかな？」とジョージは賑やかなカントリーミュージックが邪魔になってきた気がして言った。

「そうだな。俺の家はここから近くだから、そこへ行こうか」とエヴァンも同意して言った。

エヴァンの住まいは、両親の住んでいる家の敷地に別棟で建てられた一見すると大きな物置のようにも見える小屋だった。木陰に隠れていて目立たぬ場所に立っていた。入口の近くにジープを駐め、周りを見回しながら、

「親とは離れているのだな」とジョージが言うと、

「毎日顔を合わせるなんてげんなりだからな」とエヴァンは答えた。

リビングルームとベッドルームが一続きになっていて、簡単なキッチンテーブルとバスルームが設えてあった。入って直ぐ眼につくのはリビングの棚の上に飾り物のように陳列されている拳銃と小銃、ナイフ。その横に勲章一つと入隊まもなくに撮った軍服姿の写真、恋人だったジェインと並んで写っているものもある。

ジョージは銃を手に取って、

「ベレッタM9とアサルトライフルM4か。マガジンもいくつかあるな。お前の頭がイラク戦争の時のままだということがよく判るなあ」と懐かしそうにそれを撫でながら言った。ジェインの写った写真を見て、

「やっぱりお前はジェインが忘れられないのだな」とジョージが言うと、

「いや、過去の女だ」とエヴァンは首を振ってから、「冷蔵庫には氷があるし、ウイスキーをもっと飲もう。寝たけりゃ、お前は寝袋でもいいよな？　それともどうしてもベッドに寝たいか？」と言った。

「寝袋でいい」

エヴァンは棚からワイルド・ターキーを取り出して、

「氷が要るか？」と聞いた。

「いや、そのままでいい」

「じゃ、俺もストレートにしよう」

とくとくとグラスに注がれる琥珀色の酒を見ながら、

「お前の言う強迫観念だが、実は俺にもある。俺とスーザンがうまくいかなくなったのも、俺にそういう感情があったからだと思う。今、戦争前とは別の自分がいると俺は思ってい

る」とジョージは言った。

「あれだけの糞訓練と実戦経験を経たのだからそれは当たり前かもしれない。しかし反面、俺の糞人生はフォート・ライリーに入った時で終わってしまったようにも感じられている。それ以降はすべて悪夢であったように。そして今もその糞悪夢の中でうごめいている」

「その悪夢の中にキャサリン・リーは登場してこないか？」

「え？　何だって？」突然の言葉にエヴァンは眼を見開いて言った。

「キャサリン・リーだよ。ラスベガスのツアーで一緒になった女だ」

「それがどう登場してくると言うのだ」

「ラスベガスではお前たちのたっての要望で、お前とキャサリンはベッドをともにすることになった。翌朝のお前は、最近では見たことの無いような満足げな表情だった。あのキャサリンだよ」

「ああ、そうだったな。あれはうまくいったな。お前もチェリーと寝たんだろう？　それが今何だって言うのだ」

「あの後もお前とキャサリンは関係が続いていなかったか？」

「いないよ。あれきりだ」

「お前は彼女をたずねてロスへ行ったのじゃないか？　それから彼女もお前をたずねてこ

こへ来ただろう」

「お前、そんなことを言うために俺の所へ来たのか」

「まあ、そうだ」

「本当かよ！」とエヴァンはジョージの顔をまじまじと見つめ、「ちょっと用を足してくる」とトイレへ駆けこんだ。少したって、やや落ち着いた表情で出て来て、

「俺はロスへ行っていないし、キャサリンがここへ来た事実も無い。でたらめな寝言を言うのはよせ」と言った。

「寝言だと？　キャサリンはここへ来る前にウインターパークへ寄って、これからお前の所へ行くと言っていたのだ。三月末のことだ」

「しかし俺の所へは来なかった」

「いや、来たね」

「どうしてそんなことが言える？」

「あの壁にかかっている飾りだ。インディアンのドリームキャッチャー。それに中国語でハッピーを表す文字の書かれた装飾品がからませてある。あれはお前にプレゼントしようとキャサリンが持ってきたものだ。ドリームキャッチャーと中国のお守りの組み合わせなぞ、彼女の持ってきたもの以外には無い。実際、あれは俺が彼女から見せて貰ったものそ

のものだ」

「…………」

「キャサリンはここへ来ただろう。そしてお前と会っただろう」

「ああ認める認める。確かに来て、あれを渡した」

「なんで嘘をついた」

「お前に言うほどのことではないと思ったからだ」

「言うほどのことではない？」

「ああ」

「その時何があった？」

「特に何もない」

「特に何もないと。その後彼女はどこへ行くと言っていた？」

「知らない。帰ったのじゃないか？」

「知らない、帰ったのじゃないかと。……お前は嘘が下手だな。言っているそばから顔が嘘だ嘘だと叫んでいる」

「ふざけるな！　嘘なんてついていない！」

「嘘なんてついていないだと！　彼女はロサンゼルスに戻っていない。お前の所へ来てから行方不明になっていて、捜索願が出ている。警察がウインターパークまで調べに来た」

「警察が？　それで俺の所へ向かったと言ったのか、お前は」

「言わなければならないだろうな」

「まだ言っていないのだな？　良かった。もしそれを言ってしまったら、俺はこの地域では問題児としてマークされているから、まずい結果になったに違いない」

「何もしていないのに？」

「そうだ。お前は戦友だから、俺を売ったりしないよな」

「確かに俺たちは戦友だ。お互い、命を守るために助け合ってきた」

「そうだ。地獄のような糞戦場で苦楽をともにしてきた」

「かけがえの無い俺たちの命を守るためにな」

「そう。自分の命を守るために敵を殺してきた」

「それでキャサリンは敵か？」

「もちろん敵じゃない。でも俺たちと同じではない」

「同じでないとはどういうことだ？」

「判るだろう？　アメリカを作ってきたアメリカ人ではないということだよ。この国の発展のためにたくさんの血を流してきた祖先たちにつながる人間ではないということだよ」

「偉そうに言うな」

「西部劇が好きなお前ならば実感として判りそうなものじゃないか。インディアンやアジア人、黒人は俺たちとは別種の生き物だ」

「いつの話だ。大昔の話をするな」

「大昔の話ではない。俺たちこの国を作ってきた白人たちの集合無意識を語っているのだ。血みどろの開拓史を担ってきた者の子孫たちの心の奥底に共通して横たわっている感情だ」

「まさか、お前キャサリンを殺したのじゃないだろうな？」

「もちろん殺したりするわけがない。しかし仮にだよ、仮に俺が彼女を殺めたりするようなことがあったとしたら、お前はどうする？　得体の知れないアジア女のために、生死をともにした戦友を警察につきだすか？」

「やっぱりそういうことだったのか？」

「仮にだよ。仮の話だ。……俺たちは中東で異宗教・異文化の者たちを情け容赦もなく殺戮してきたではないか」

「このアメリカの中でそんな行為が許されると考えるのか？」

「俺にはアメリカもイラクも変わりはないのさ」

「いいか、エヴァンよく聞けよ。もしもお前がそんなことをしたとしたら、俺は神の名に於いてそれを許さない。警察にお前を連れて行く」

「そうかい。お前の友情がどの程度のものか、よくわかったよ。俺としてはお前にそんなことをしてもらいたくないんでね」と言いながらエヴァンは棚の上のベレッタをつかみ、銃口をジョージに向けた。「こっちにはそんなことをさせてはならない事情がある」

「まあ、そうだろうな」

「だから、お前にそんなことをしないでもらいたい」

「………」

「キャサリンを憎くて殺したのではない。一種の事故だったのだ。たわいもないことから喧嘩になり、俺はかっとなって彼女をぼこぼこにしてしまった。気がついたらキャサリンの首の骨が折れていて、人形みたいにぐにゃっとした死体になっていた。殺すつもりなぞまったくなかったのだ。しかし人を殺してしまったことには間違いない。既に終わってしまっていたような俺の人生だったが、それも決定的に終わりを告げられることになる。幸い彼女が俺の所に来ているのは誰にも知られていなかった。だから俺は彼女の死体を庭に埋めた。それですべてが終わるはずだった。お前さえそれを暴こうとしなければな。どうだ？　秘密を守ってくれないか？」

「断ったらどうするつもりだ」

「お前の口をふさぐしかない」

「戦友を殺すのか？」

「お前が悪いのだ」

「俺のせいにするのか？」

「うるさい！」とエヴァンはベレッタの引き金を引いた。

カチッ、カチッという音がするが、何度試みても銃撃できない。驚いているエヴァンに、

「エヴァン、お前にそれはできない」とジョージは上着の下のショルダーホルスターから自分の拳銃を引き抜き、その銃口を相手に向けた。

「お前が席を外している間に弾の入っていないマガジンに換えておいた。ライフルも同じだ。残念だったな」とジョージは片目をつぶった。

「万事休すか」

「ああ、そのようだ。お前の長い悪夢が終わるといいのだが……。ドリームキャッチャーにすがりたい気分だな」とジョージは言って羽根のついた小さな飾りを眺めた。

14　ウインドウ・ロック

ウインターパークを去った後に咲良が住み着いたのはナバホ国の首府ウインドウ・ロックだった。

ナバホ国とはアリゾナ、ニューメキシコ、ユタ州にまたがる広大なナバホ・リザベーションを指し、全土が広大な平地とそこに点在する壮大な岩山という風景の地域だった。先住民たちは、ここを独立した行政府を持つナバホ国として統治し、連邦政府もそれを認めている。国旗はナバホ国の地形の東に夜明けの白を表すホワイトシェル山、南に昼間の青を表すターコイス山、西になごみの黄色を表す珊瑚山、南に夜の黒を表す黒曜石山を配し、その周りを精霊の守護を表す虹が囲み、ネイションの中にはトウモロコシや羊、ホーガン等が描かれている。素朴な明るさが感じられるその旗が沙漠の小さな施設に掲げられているのを見るとなんだか微笑みがこぼれてくる。

ウインドウ・ロックは首府と言っても、行政の極めて小さな建物がいくつかある他、わずかにショッピングセンターや銀行、博物図書館があるだけの、ネイションの他の地域と変わらぬ景色に囲まれた小さな町だった。

咲良はショッピングセンターと博物図書館の間にあるクオリティーインでホテル業務の手伝いをしながら、博物館の研究員として研修を続けることになっていた。しかし研究員の仕事はあまりなく、もっぱらホテルのベッドメイキング、清掃、レストラン雑務等の仕事に時間をとられる毎日だった。

それでも時間のある時は博物館やインフォメーションセンターに積極的に顔を出し、ナバホ族の生活や歴史のあれこれを知ろうと努力した。

博物館の敷地内に造られた泥製の大きなホーガンで時折行われるメディスンマンの祈禱にも同席し、彼らの生活の基本にある神話と宗教が混じりあった物語のような世界観を学んだ。口伝えの言葉でしか残っていないナバホの言語も、そこに彼らの生き様や思考方法が豊饒に広がっているのを感じ、少しずつ習うように心がけていた。

そうした日々の中で、咲良は一人のナバホの若者と親しくなった。スティーブ・ジョーダンという名のインフォメーションセンターに勤務する男で、年の頃は咲良と同じぐらいで未だ独り者だった。ナバホに近づいてくる遠い日本からの女を多分奇妙で不思議に思いながらも、自分の仕事の一つと考えたのか、先祖の話をいつも熱心に語ってくれた。「僕もディネエ（ナバホ）の言葉はカタコトしか知らないのです。英語を喋るようには決して喋れません。でもその言葉で生活していた僕のお祖父《じい》さんたちは確かにいたのだし、その歴史や文化があったのです。日本人のあなたがなぜそれに興味を持ったのかは判りませんが、僕にはそれを伝える義務があります」と彼は言った。そして「実は僕自身も日本という国に興味を持っているのです。あなたを通じて日本のことを知られたら嬉しいです」とも語った。

目下、スティーブの一番の関心事は祭りの時期に行われるウイワンヤグ・ワチピ（サンダンス）だ。色々な部族の先住民たちが結集して、飾りつけられた聖なる木の周りを、羽根で飾り立てた綺麗な衣装を身につけ顔を絵の具で化粧し、太鼓や鈴の音に合わせて四日四晩踊り続ける。先住民相互の交流にこの上ない効果を与える一大行事であるらしい。それが今回はナバホ国の首府ウインドウ・ロックで開催されることになっていた。

「ネイティブアメリカンには多くの部族があるのはご存知でしょう。数百の部族のそれぞれに違った文化があり歴史も様々です。独自の衣装や踊りがあります。それらの交流を通して同じ魂を共有することができるのです。彼らには共通した原体験があります。それは何だと思いますか？」

「原体験？　何かしら？」

「押し寄せる開拓者による迫害です」

「ああ、そうか。西部開拓史の一大テーマですよね」

「そもそも、ここに住んでいた先住民にとって土地は誰のものでもありませんでした。『大地は私たちに属しているのではない。私たちが大地に属しているのだ』という言葉があります。それは天のものであって、精霊たちと共に生きる場所でした。人間だけではなく、動物、植物、鉱物、水、火といった存在するものすべてが私たちの親戚であり、兄弟なのです」

「『人間が命の糸を編んでいるのではない。人間はその糸の一本にしかすぎない』というネイティブアメリカンの言葉と同じね」

「そうです。ですから、サンクスギビングの逸話にもあるように、白人の最初の移住者たちを我々の祖先は援助し、この地で生きる術を教えさえしたものです。白人たちと共に暮らせると思っていたのです。だから連邦政府や州政府と協定し、いくつもの条約や約束を結んできたのです。しかし押し寄せる開拓者たちの洪水はそれらを葬り去り、軍隊を使って我々を迫害し虐殺し、侵略を完成させてきたのです」小太りの体軀、健康そうに日焼けした丸い顔に浮かぶ親しげな微笑み。想像される先住民の精悍さとは対称的な風貌のスティーブだったが、静かな口調で話される内容は深刻なものだった。

「ナバホに対する迫害は白人同士の内戦を契機にして厳しいものとなりました。『ロングウォーク』については聞いていますか」

「ツアーのガイドさんから聞きました」

「ロングウォークの後、到着した極寒灼熱不毛の地でナバホは地面に穴を掘って暑さ寒さをしのぎながら悪い水をすすって暮らしました。酋長マヌエリトは最後まで移住に抵抗しましたが、一八六六年、力尽きて降伏してしまいました。強制移住させられた約八千五百名のナバホのうち千名以上が死にました。その後ゴールドラッシュの熱狂が治まるのと共に連邦政府の方針が変わり、最良の土地は取りあげられた上でナバホは元いた地域に戻ることができました。強制収容所から帰還した人々が、わずかに残っていた同朋と再会したのが、このウインドウ・ロックでした」

「モニュメントになっているあのウインドウ・ロック（窓岩）の前で再会したのね」

「ナバホの有名な逸話です」

「岩に穿ったあの巨大な窓から、故郷にしがみついて生きていた人々の顔がのぞいたという話ですよね」

「そう、僕らにはあの自然の文化遺産を守る義務があります」

「インフォメーションセンターの職員として？」

「そうです。ナバホの記憶を伝えるためでもあります。だけど、今のウインドウ・ロックの扱われ方には僕としては疑問があるのです」

「どういうこと？」

「ここが第二次大戦で活躍したナバホの兵隊たちのメモリアルとして使われていることです。僕らの仕事の一つにはこのメモリアルを守っていくことがあるのですが、大いなる違和感があるのです」

「違和感って、メモリアルの中心部にある銅像のこと？　太平洋戦争中の米軍完全装備をしたナバホ・コードトーカー（暗号兵）の」

「誰にも判らぬナバホの言語を戦争中の暗号として使用したのは良いとしても、ディネエの尊厳をそんなことに矮小化されるのは心外なのです。ナバホの暗号兵を『ウインド・トーカーズ』と呼称していますが、風と話すのは昔からのディネエの生き方そのものです。ディネエは太陽の光に精霊の心を感じ、大地をわたる風の動きに精霊の息吹を感じ取ってきました。それは白人たちの侵略の歴史の何倍も前からのディネエの生き方です。白人の戦争の手先になったことだけが称揚されているのは本意ではありません」

「あなた、戦争の相手が日本だったことで、私に気をつかっている？」

「そんなことはありませんよ。確かに日本は有色人種の国です。しかし白人のやり方をマネして、世界に侵略戦争を挑んでいきました。ドイツファシズムと同盟して。それとの戦いは、彼ら以外のすべての人々に課せられた課題でした。ナバホが日本と戦ったのは間違いだったとは考えていません」

「白人対有色人種という問題ではないのね」

「いや、日本が白人のやり口や手段、帝国主義をすっかり模倣したことに根本的な誤りがあったのだと考えます」

「文明開化、富国強兵に間違いがあったということかしら？」

「詳しいことは知りませんが、同じＤＮＡを持った者として、君にはディネエの感性が理解できるはずです。人間が自然を支配するのでなく、人間は自然の一部に過ぎません。森羅万象に神宿るこの自然に包まれて生きていくという考え方です。ネイティブアメリカンには『どんなことも七代先のことまで考えて決めなければならない』という戒めがあります。『インディアンは自然を征服しようとはしない。インディアンは自然とともに流れてゆく』のです」

「アメリカの西部劇に登場してくるインディアンはしばしばひどく野蛮で獰猛で、本当にこういう人々だったのかしらと首をかしげたわ」

「第二次大戦中や戦後しばらくの映画に出てくる日本人と同じような扱いですよね」

「でも私、あの戦争当時の日本や日本人を肯定できないわ。軍部に統帥された大日本帝国が国内外の人々をどんなに苦しめたか、一億火の玉になってそれを遂行しようとする姿のおぞましさを痛みを感じながら心に浮かべるの。一連の帝国主義戦争の結果が大敗北であったことは、日本人にとっても良い結末だったと考えているわ。戦争というものの悲惨さを肌身にしみて実感したのだから。それで日本人は、もう二度と戦争はしないと決意したの」

「『もしも瞳に涙がなければ、魂に虹はかからない』ということですね」

「それが新しい日本の始まりだった。それから七十年以上経過したけれど、日本は一度も戦争行為に加わっていない、世界でも珍しい国になっているわ」

「日本が白人相手の戦争をした歴史があったからこそ、その地位が得られたのではないでしょうか？」

「そうかしら。あなたは白人と戦ったという歴史をそれだけで高く評価するの？」

「いや、人類の歴史では戦った者だけが残っていくと考えるのです。戦わなかった者はただ抹殺されていくだけです。ネイティブアメリカンの歴史も、それを教えていると思います」

「どういうこと？」

「嘘と暴力はアメリカ政府の常套手段でした。住んでいる土地と生活を奪われた先住民たちは白人の定めた収容所で動物のように死んでいきました。当然ながらこうした暴圧に抵抗した部族もあり、それをひきいる酋長たちもいたのです。スー族のレッド・クラウド、シャイアン族のリトル・ウルフ、アラパホ族のブラック・ベアー、オグララ族のシッティング・ブル、カイオワ族のサタンタ、ペルセ族のイエロー・ウルフ……、止むにやまれずとうとう戦いに至った酋長たちがやはり記憶に残ります。黙って白人たちの餌食になっているわけにはいきませんからね。戦って初めて歴史にその記憶が残るのです」

「あなたは今でもネイティブアメリカンが蜂起すべきだと考えているんじゃないでしょうね」

「いや、そうは考えません。今では世界がずいぶん違ってきていますからね。アメリカは今では多民族国家になっていますし、単純に銃砲を使う状況でもありません」

「そうでしょう？　日本も同じよ。過去の歴史は変えられないけれど、未来の歴史は今生きている人々によって作っていけるの。日本は戦争という手段を決してとらない国として存在し続けているの」

「それはネイティブアメリカンと同様に、アメリカの帝国主義に滅茶滅茶に打ちのめされた結果そうなったのではありませんか？」

「そうかもしれない。でもそれでもいいの。戦争なんてあってはならない。戦争を絶対にしないという意識は国民がようやくたどりついた貴重な決意だったんだ。あなたたちネイティブアメリカンの心の中にも本来そういう平和を求める世界観があると思うけれど」

「そうですね。人間とそれを取り巻く自然とを白人のように獰猛に破壊していくDNAをディネエは持ち合わせていません」

「私、DNAの問題ではないと思うわ」

「日本だって同じ道をたどったのですからね」

「人間を支配するイデオロギーの問題じゃないかしら？　人間の根本にかかわる考え方……」

「戦争を廃し平和に生きなくてはいけないという？」

「そうそう。戦争放棄」

「戦争放棄だなんて、国の存亡を揺るがす決定です。でもその意義を日本人は気がついたと言うのですね？」

「そう」

「どうしてそんなことが言えるのです？」

「私、知っているの」私は見た、と咲良は思う。何十万もの人々が街頭に出て叫んでいた光景を。あれは二〇一五年夏のことだった。

その六年前、日本国民は史上初めて自らの手で政権交代をさせた。しかしその新政権は既得勢力や官僚たちの妨害にあって、次第に国民との約束を反故にし、恥知らずな裏切りぶりを公然化するというていたらく。信頼を失い混乱する政局の中で、周囲の国々に日本に対する不穏な動きが広がり、さらに原発事故もあって、新政権はあっけなく三年で崩壊する。次に出来た政権は戦後民主主義を総決算することを日頃から呼号する首相を頭に抱く政権だった。政権発足後、秘密保護法制定、武器禁輸取り止め、集団的自衛権閣議決定と、これまでの日本の平和主義を次々と切り崩し、とうとう自衛隊を海外で戦争できるようにする安保法案を出してきたのがこの夏。

憲法学者の大多数がこの法案を憲法違反と断じ、この撤回を求める運動が日本国中に広がった。それまで政治運動に参加したことなど無かった咲良だったが、時の政権がなそうとする、戦争に道を開く憲法違反の行動を許すことが出来ず、人々の大きなうねりに自ら加わる決意をした。ちょうど「自由と民主主義のための学生緊急行動」を呼びかけるＳＥＡＬＤｓという運動が盛り上がってきていて、学生ばかりではなく誰もが参加できるような大衆運動だったのでそれに飛びこんだ。

毎週金曜日に国会周辺で開かれた抗議集会は回を重ねるごとに参加者が加速度的に増加し、国会審議がなされる頃には国会周辺を埋め尽くすようになっていた。八月末には全国千カ所にも及ぶ地域で百万にも届こうかという数の人々が立ち上がり、国会周辺につめかけた十数万の人々は日比谷公園から国会までの歩道、車道、公園、駅構内を埋め尽くした。それまで余りにも過小に報道し続けていたマスコミだったが、一部メディアが空撮でその様子を報道し、未だその事実を知らされていなかった国民の度肝を抜いた。九月になって国会が緊迫してくる中、抗議集会はますます広がったが、十九日未明、議場騒然・聴取不能の国会は「安保法案」を可決したことにする。そのデタラメぶりに呆れながらも、咲良に絶望感は無かった。

それは咲良が知ったから。本当に多くの日本人が平和を愛していること、戦争を憎んでいること、戦争を放棄した日本の憲法を大切に思っていること。権力者がそれを蹂躙するのを決して許さないこと、勝手に政治をねじまげさせないこと、支配者がいくら笛を吹いても人々は戦争に協力しないだろうということ。その生の声を目の前の現実として体得したからだ。

「ナバホのお祖父さんたちではないけれど、私は日本の老人たちのたくさんの声を聞いたの。何よりも平和を愛し、戦争する国になるのを嫌っていること。報道はされなかったけれど、本当に多くの老人たちがその声を上げていたの」

日本を戦争できる国にしようとする策動に反対する運動の主力を担ったのは六十代、七十代の老人だった。戦争中に生まれたか、戦後民主主義の落とし子と称された世代。彼らの体内につちかわれた反戦の意識は、戦後日本の平和と民主主義を体現するものだった。が、時代が経過するにつれ、彼らをうとましく思う風潮が広がっていた。咲良の元の夫もその一人だった。咲良がシールズの運動に参加すると、二人の間にひどい軋轢が生じた。しかし続々と国会前にくり出してくる老人たちの姿を見て、咲良は日本の本当の姿を見たような気がしていたのだった。

「人々の一生懸命に叫んでいる姿を見て、国民のこうした声が日本の平和主義を支えているのだと思った。これが日本人の声だと思った」

「ひょっとするとそれは素晴らしいことかもしれない」とスティーブはうなずいた。「戦争で利益を得るのは、人々がどうなっても資本が増えれば良い資本家か、国に武器弾薬を消費させて儲ける兵器業者だけでしょうからね。そんなことはすべて拒否してしまうのが利口かもしれません」

「ナバホのお祖父さんたちもそれを強く主張すると思うわ」

「われわれにはこういう言葉があります。『一番重要な、最初の平和は、人の魂の中に生まれる。人間が宇宙やそのすべての力との間につながりや一体感を見いだせたとき、その平和が生まれる』」

「本当にそうよね。日本人もその言葉をしっかりかみしめるべきだわ」

「ナバホ国の真ん中で、そんなことを主張する日本の女性も珍しいですがね」とスティーブが笑うと、

「あら、話がそういう方向に行ったので語ったまでだわ。日本の平和主義なんて、日本人にとって当たり前のことですもの」と咲良は言った。そう言ってしまってから、本当にそうかしら、そうだったらいいのだけれど、と思い返さざるを得ない自分を感じてもいた。

15　連行

　エヴァンの身体をロープでぐるぐる巻きにして、ジープの助手席にくくりつけた。死人のように青黒い顔色になったエヴァンは、されるままになっていたが、ジョージが運転席につくと、

「どこへ行くつもりなんだ？」と聞いた。

「さっきも言っただろう。警察へ連れて行ってやる」

「まさか本気でそんなことをする奴だとはな！」と舌打ちをする。

「それしか方法は無い」

「俺たち自身で考えるべきだろう、どうすべきなのか」

「人を殺した者は警察に連れて行くしかないんだよ」と言ってジョージは車を発進させた。

しばらく死体のように沈黙していたエヴァンは、

「俺たちは一緒に人殺しの仕事をしていた」と言った。

「イラクでの話か？」

「そうだ。生きるか死ぬかの戦場で、俺たちは互いに助け合って行動してきた。自分たちの命を守るために、戦友としての絆は絶対だった。そうじゃなかったか？」

「ああ、そうだったな」

「それがこういう結果になるとはな。信じていた戦友に縛られて警察に突き出されるとは」

「自分が蒔いた種だ」

「自分が蒔いた種は自分で刈り取れと言わないか」

「自分で刈り取る？　どうやって？」

「悔い改める。二度とそんなことはしないと誓う」

「そんな甘い言葉で許されるわけがない」

「他にお前が思いつくことがあったら俺はなんでもする」

「口だけで簡単に言うな」

「アメリカ人（American）は、何でも自分でやれる（I can）力を持っているのだ。警察なんかのやっかいにならずに、自分たちで処理する判断力を持っているはずじゃないか」

「そういう勝手な思いこみがアメリカを駄目にするのさ」

「アメリカ人の一番良いところだと思うがなあ」

「自分しか目に入っていないということさ。ちょうどお前のようにな」

「いずれにせよ、誰にとってもいい結果になるように、自分たちで問題を解決しようじゃないか」

「誰にとってもいい結果だと？　お前にとって都合のいいようにということだろう」

「そうかもしれない。確かに俺にとって都合のいい話だ。しかしお前が俺を警察に突き出して、何かお前に良いことがあるのか？　何か利益をもたらすのか？　お前のやろうとしていることは、ただ人に迷惑をかけるだけのことではないか」

「迷惑？　お前がそう言うか！」

「警察だって迷惑するだろうさ。俺は完全に否認するからな。戦友をぐるぐるに縛って運び込んできたコロラド男の申し立てを簡単に真に受けるだろうかな。いくら俺が地元の問題児だとしても、殺したとされる女が身元も判らぬ外国人ときては、こっちの警察のやる気も知れたものだ。きっと、俺とお前の与太話に付き合っていたくないと思うだろうさ」

「どうだろうな。それはやってみなければ判らない」

「大騒ぎをして俺を連行しても、結局警察の不興を買う結果に終わるだけだ」

「上手に説明するさ」

「俺は徹底的に否定するからな。お前が俺に恨みを持っている人間であることも主張する」

「俺がお前に何か恨みを持っていると言うのか？」

「恨みでも無けりゃあ、こんな行為は説明つかないさ」

「お前に恨みなんか無い」

「そうだろうとも。そこがお前の怖いところだ。恨み無しにこんなことをする。だが、警察は俺の主張の方をとるだろうぜ。恨みでも無けりゃ、大切な戦友を破滅させるような目に遭わせるはずは無いと考えるだろうさ。俺に対する憎しみでお前の頭がおかしくなっているると、俺は止めることなく訴え続ける」

「どんな恨みや憎しみだ」

「戦場から引っ張り出してくればいくらでもある。何せ一つの些細な行為が直ぐに仲間たちの生命にかかわってくる場所だからな。作り出そうとすれば、いくらでも作り出せる」

「実際は常に俺はお前の命を守ってきたのだがな」

「どうだかな。実際、今のこの有り様を作っているのはお前じゃないか。俺にしても背に腹は代えられないからな。しかしお前はどうして警察がお前の言葉で動くと考えているのだ？」

「キャサリンには捜索願が出ていて、警察はすでに捜索に動いている」

「しかし俺と彼女の関係すら立証できまい。お前が話したドリームキャッチャーでは、なんの証明にもならないだろう」

「俺は俺たちのラスベガスでの出会い、お前がロスまで彼女を訪ねていったこと、彼女がお前の家に行ったこと、そしてお前が自分の家で彼女を殺したことを話すつもりだ」

「それがどうだって言うのだ。ただのたわごとだと言っているのだ。立証できないだろうことを俺は全て否定する」

「お前が彼女の死体を庭に埋めたことをお前の口から聞いている。それを掘り出せば、話が現実のものとなってくる」

「警察がお前の与太話をもとに、広い敷地をわざわざ掘り起こすような手間をかけるかどうかだな。お前が庭だと思うのは、飽くまでも俺の話だけが頼りなわけなのだからな。俺がお前に本当のことを言ったかどうかは判らないじゃないか」

「エヴァン、お前は俺にはいつも本当のことを言う奴だった」

「そういう俺の信頼を平気で裏切ろうとするわけだ。ジョージ、俺にはお前の頭の中が判らない」とエヴァンは口をつぐんだ。

そのまましばらく死のような沈黙が続いたが、

「ジョージ、お前キャサリンに思い入れがあるのか？」とつぶやいた。

「えっ」とジョージは驚いて聞き返した。

「彼女は、お前がウインターパークでチェリーと一緒にいたと嬉しそうに話していた。お前たちの間には何か特別な関係ができていたのか？」

「特別な関係なぞない。みんな友達というだけだ」

「友達？　不思議だな。キャサリンのために何故、生死をともにした戦友の俺を破滅させようとするのか、どうしても判らない」

「一人の女を殺して平気でいられるお前の方が不思議な存在なんだよ」

「女を含めて俺たちは何人もの人間を殺しているじゃないか。今更人殺しがどうだとか言う方がおかしい。俺たちにはそんなことを言える資格なぞ無いのだよ」

「戦争中のことをいつまでも引きずるな」

「お前は引きずらないのか？」

「…………」

「お前のＰＴＳＤは直ったのか？」

「まあな」

「チェリーと暮らすようになったからか？」

「多分そうだ」

「それでか！　お前の中でチェリーはきっと、まともな生活を支える女神のようなものになっているのだな。キャサリンにしてもチェリーの二重写しのように見えているのだろう。だから俺のやったことが許せなかった」

「それは否定しない。チェリーのおかげで、俺はまともな行動をとれるようになった。キャサリンを殺したお前を彼女は許さないだろうし、彼女だったらどうするか。きっと警察に届けるだろう。俺はそのように行動した」

「大したものだ。その女神様とお前は結婚でもするのか？」

「いや、残念ながらチェリーはもう俺のもとにはいない」

「なんだって！」

「コロラドでの研修が終わり、次の場所に移って行った」

「行った先は判っているのか？」

「ナバホ・リザベーションだ」

「ナバホ・リザベーション？　それは暗示的じゃないか。白人の騎兵隊ファンのもとを去って、自分と同じ肌の色をした先住民の国に入ったわけだ。自然な成り行きだったかもしれないな」

「俺とチェリーの関係は、喧嘩別れをしたわけでもないし、まだ終わってはいない」

「何か約束でもあるのか？」

「そんなものはない」

「彼女の気持ちはお前に向いているのか？」

「それも判らない。ただ『愛している』とは言ってくれた」

「本当か？」

「挨拶同然のやりとりだったかもしれない。でも俺は彼女のその言葉を決して忘れることはできない。いつか俺たちは再会し、また一緒に生活する日が来るだろうという気がしている」

「ああ、それがお前の夢なのか」とエヴァンは言ってから、どんよりよどんだ窓外に広がるのっぺりとした景色を無表情に眺めた。

「相変わらずの風景だな、カンザスの」とつぶやいてから黙りこみ、しばらくそのままで沈黙が続いたが、

「実際、糞おもしろくもない小さな世界じゃないか。俺はここでずっと生きてきた。ここ

から出たのは糞イラク戦争とお前が用意した西部劇の世界、その付録のロスへの旅だけだった。しかし俺はやっぱりここから出てはいけなかったのかもな。この小さな世界から一歩も外に出てはいけなかったのかもしれない」とエヴァンはつぶやいた。

ジョージが黙っていると、

「ハイスクールまでが華だったかな。実家の農業以外に社会生活を味わえるのが学校だった。もっともそこで出会ったジェインとのあれやこれやが生活のすべてだったがな。彼女の瞬間瞬間の表情や動作が俺の思い出に染みついている。週末、ポップコーンとコーラを手にしながらジェインと一緒に映画を観るのが楽しみだった。ホラー、アクション、ナンセンス……、すべてが嘘臭かったが、俺たちにとっては糞退屈な日常とは別の唯一の現実だった。ぴかぴかに輝くアメリカのイルミネーションが降り注いでいた。まるでラスベガスでそうだったようにな。車を転がして遊ぶ男友達もいたが、今から思えば彼らとの関係はフォート・ライリーで訓練する前哨戦のようなものだった。ギャングまがいにお互いに脅したり脅かされたりしながら自分を鍛えた。自分が強い兵士になれるかどうか、子供の時から問い続けてきた。自分の栄光はアメリカの強さと共にあった。しかし今見る風景は色あせて、ざらざらの荒れきった世界でしかない。何もかもが殺伐として冷たい。和みや温もりなぞずっと以前に飛散してしまった。故郷を離れて、見てはいけないものを見過ぎた」と死人の顔色をしたエヴァンが言った。

「誰もがいつか、自分を囲んでいる壁に気づく。ずっと少年のままでいられるわけはない」とジョージが言うと、

「人生って一体なんだろうな」とエヴァンはつぶやいた。「なんの意味もありはしない、くだらねえ時間の消費だったかもな」

「そうとばかりは言えないだろう。お前の人生はまだ終わったわけじゃないのだから」

「そんな慰め、お前にだけは言われたくないね」

「そうかもしれないがな」

「神にでもすがるか……」

「そのためには正直でなければな」

「そう来るか」とエヴァンは言って、それから口をつぐんだ。

16 エピローグ

ウインターパークの春は急速に夏へと向かっている。夏のウインターパークは涼しく爽やかでこの上なく住みやすい。夏は夏でベストシーズンなのだ。マウンテンバイクやハイキングをする人たちの憧れの場所にもなっているし、渓流釣りやキャンプにも良い場所がそろっている。

しかしこの爽やかな季節に森平咲良の姿が無いことがジョージにはたまらなく寂しかった。彼女がいたのは冬の半年間にすぎなかったが、これから夏の半年間、彼女がいないのが不思議な気がしていた。彼女がいない毎日は火が消えたように寂しかった。

咲良の何がそんなに良かったのか。理路整然と説明することはできない。ただ彼女の軽やかな身のこなし、弾むような身体能力、考えこむ時の真剣な眼差し、そして何よりもすべてを包みこむようなつつましく優しい微笑み。これらが暖かみを伴った人間の身体となって彼の前にいた。銃や戦争、人を殺傷することに対するあからさまな忌避、当たり前かもしれないそういう自然な振る舞いが、ジョージにはあらためて新鮮な感覚をもたらした。彼女の中には彼の知らない世界が広がっているようで、それにつれて自分が変わっていけるような気がしたのだった。

だからこの春に東アジアで戦争が起きるかもしれないという予測は彼を不安にしていた。

北朝鮮の独裁者がアメリカに向けての核ミサイルの開発と量産を公言し、アメリカの同盟国である日本に対しても列島を海の底に沈めるという脅迫を口にしていた。こんな状況でアメリカが黙っているはずはないとジョージは考えた。彼の参加したイラク戦争は、核爆弾を持っているに違いないと決めつけて、実際は大量破壊兵器を保持していなかったイラクにアメリカが攻め込んだ戦争だった。それが今度の相手は世界中環視の中で、水爆実験をし大陸間弾道ミサイルを飛ばし、その量産をパレードで誇示している。アメリカがそんな事態を許しているわけがない。自分は地球を何度も爆砕できるほどの核爆弾を所持しているが、決められた大国以外には絶対に核戦力を持たせないというのがアメリカの姿勢だった。たてつく国には容赦しないのがアメリカだった。戦争は必ず始まると彼は考えていた。

問題は、今度の戦争が東アジアに大いなる戦禍をもたらす可能性があることだった。チェリーの名前の由来である日本の桜の魅力についても彼女から聞かされていたが、その花見を吹き飛ばしてしまうような惨禍が日本を襲うかもしれないという不安さえ感じていた。

ところが冬の終わりに韓国で開かれたオリンピックを契機に、急展開で北と南の対話が進み、アメリカを北朝鮮と対話させる道が開かれた。自分たちの国土が戦場になることほど嫌悪すべきことはないのだろう。ジョージ・W・ブッシュが、あの九・一一後に宣言した「いつでもどこでも戦争できる国」であるアメリカであっても、その動きを無視することはできなかった。しかしいつなんどき、戦争へと真っ逆さまに落ちていくかもしれないという懸念も捨てきれないでいるジョージだった。

そんな思いが胸に交錯するのは、そこにチェリーの存在があったから。彼女を失いたくないという気持ちがあったからに違いなかった。

いずれにせよ彼女がアメリカから出てしまわないうちにチェリーと会いたいとジョージは考えていた。彼の前からチェリーが永遠に去ってしまったとは決して思っていなかった。縁が切れていない証拠に、ナバホ・リザベーションからジョージのもとへ綺麗な絵はがきが届いた。簡単なメッセージではあったが、彼女がそこで色々学び、活躍している様子が目に浮かぶようだった。最後に「いつかまたお会いしましょう」と書いてあった。挨拶の決まり文句かもしれなかったが、ジョージは飛び上がるほど嬉しかった。きっとまたウインターパークに帰ってくる。あるいはまた別の環境で再会するかもしれない。まったく新しい空気を吸いながら一緒の時間を過ごす時があるかもしれない。そう思うのだった。

彼が好きなアメリカ西部劇ではハッピーエンドが常だった。

著者略歴

福井孝典（ふくい・たかのり）

一九四九年、神奈川県生まれ。
早稲田大学教育学部卒業。
著書＝『天離る夷の荒野に』
『屍境――ニューギニアでの戦争』
『北京メモリー』（以上、作品社）

ドリームキャッチャー

二〇一八年八月五日第一刷印刷
二〇一八年八月一〇日第一刷発行

著者 福井孝典
装幀 小川惟久
発行者 和田肇
発行所 株式会社作品社
〒一〇二-〇〇七二
東京都千代田区飯田橋二ノ七ノ四
電話 (〇三)三二六二-九七五三
FAX (〇三)三二六二-九七五七
振替 〇〇一六〇-三-二七一八三
http://www.sakuhinsha.com
本文組版 米山雄基
印刷・製本 シナノ印刷㈱

ISBN978-4-86182-714-3 C0093